U0114665

金庸小說 裏的 中國宗教

陳敬陽 著

目錄

前言

金庸武俠小說既非以宗教為題材，講述主角如何行俠仗義得以成仙證佛，也非以宗教為主題，藉由情節來表達人生和信仰的真諦，但故事中方方面面都有大量宗教元素。在金庸筆下天下名山的佛寺和道觀成為了武林門派，僧尼道士日常除了會敲魚唸經，還會練拳舞劍，大抵出家人比俗人做事更專心一致，當中不少人的武功登峰造極，是當世絕頂高手。而一眾主角修練的《九陰真經》、空明拳、《九陽真經》、《易筋經》、太極拳、太極劍、北冥神功等絕技，在故事設定中都是源出於佛道。金庸博學多聞，他創作時不但廣泛取材自漢人信仰的佛教和道教，就連佛教藏傳密教，以及鮮為人知的摩尼教在中國的孑遺明教，也成為了他的寫作素材。

金庸並非單純挪用宗教的名目，而是根據宗教真實的歷史和人物大膽創作。河南嵩山少林寺自古以尚武聞名，是金庸作品的「常客」，他幾乎為它寫了一段完整的虛構歷史，且仔細創作了般若掌、摩訶指、大金剛拳等七十二絕藝。位處今日雲南的大理國尊崇佛教，不少皇帝退位為

僧，金庸以這背景創作了「南僧」的角色。金元之際道教在北方興起名為全真的新宗派，在金庸筆下教祖王重陽和他七名弟子搖身一變成為了武林高手。元末明初湖北武當山傳奇道士張三丰，生平全是謎團，金庸寫他如何從少林寺僮僕張君寶成為了武當派祖師張真人。更巧妙的是，金庸是把宗教修行的方法等同於武功修行，僧尼道士靜坐修心稱為打坐，在他的武俠世界中可以用來修練內功，而內功追求打通「任督二脈」，顯然是改編自道教內丹修行理論。於是乎歷史上以內丹修行為本的全真派，在小說中成為了「天下內功正宗」。

金庸後期作品帶有一些宗教哲思。金庸說過《天龍八部》最初的構思是借用佛教天、龍、阿修羅、夜叉等八種精怪來創作八個命運交纏的角色，雖然這個想法最終沒有實現，但書中人物的遭遇展示了佛家所說的「業」和「苦」，其中三名主角喬峰當不成英雄、段譽並非真正的王子、虛竹做不了和尚。文學評論家陳世驤就稱這部書「無人不冤」、「有情皆孽」。在金庸最後兩部作品中，主角令狐沖和韋小寶都不是典型的英雄，他們更嚮往的是道家所講的無拘無束、逍遙自在的生活。

金庸武俠小說家喻戶曉，當大眾一聽到少林寺、武當山、

王重陽、張三丰、明教時，難免首先聯想起他故事中的設定，因而在認知上引起真實和小說混淆，難以分辨。這部小書希望通過簡述佛教、道教和明教的歷史和教義，説明小説情節中提及的一些宗教元素，藉此使讀者增進中國宗教方面的知識，並於日後重溫金庸作品時增添另一番趣味。

第一章
神僧與禿驢

> 張翠山吃了一驚，心想江湖上有兩句話說道：「少林神僧，見聞智性」，那是指當今少林派四位武功最高的和尚空見、空聞、空智、空性四人而言，後來聽說空見大師得病逝世，想不到竟是謝遜打死的。

《倚天屠龍記》第七回〈誰送冰舸來仙鄉〉

> 張無忌忙道：「周先生不可在方丈大師之前無禮。」周顛道：「我是罵圓真那禿驢，又不是罵方丈那禿⋯⋯。」這「禿」字一出口，知道不對，急忙伸手按住自己嘴巴。

《倚天屠龍記》第三十六回〈夭矯三松鬱青蒼〉

武俠小說與宗教是一個奇妙的組合。武俠小說源於中華傳統文化中「俠」的傳統，是指見義勇為、抑強扶弱的人。俠好交遊，重義氣，為人扶危解困，抱打不平，平民百姓對他們大都抱有好感，但俠的行事往往是社會常規之外，甚至不惜使用非法和暴力手段，在統治階層眼裏他們就

是危險的存在，正如韓非子（約公元前 281－前 233）所說：「俠以武犯禁。」武俠小說的主角歷險、行俠、復仇，總離不開打打殺殺，可是不論那一個主流宗教都提倡慈愛，至於修行更是為了出塵脫俗，可以說武俠小說與宗教兩者在本質上顯然格格不入。不過武俠小說往往卻不乏宗教內容和人物，究其原因大抵有三。第一，中華傳統文化以儒釋道為本，作者為故事取材時不可能離開佛教和道教的內容。第二，不少中武術都被認為發源於佛教和道教，甚至乎坊間有說：「北崇少林，南尊武當。」第三，現實中俠與宗教人士都是社會上邊緣人群，一些人可能就兼具兩個身份。金庸武俠小說自然亦不例外，書中描繪的主角、情節、門派、武功等不少都與宗教有關。

金庸武俠小說取材自佛教的內容相當之多。長篇作品《天龍八部》的書名直接採用佛教術語，指守護佛法的八種「非人」眾生，藉此比喻書中形形色色的人物。不僅如此，這作品三位男主角之一的虛竹更是一名和尚。即使不是主角，佛教人物在故事中往往是重要角色，例如《射鵰英雄傳》和《神鵰俠侶》中的「南帝」一燈大師；《倚天屠龍記》中峨眉派的滅絕師太，少林派的空見、空聞、空智、空性四大神僧，以及使出「金剛伏魔圈」的高僧渡厄、渡劫、渡難；《天龍八部》中的「帶頭大哥」少林方

丈玄慈、吐蕃國師鳩摩智、藏經閣掃地僧；《笑傲江湖》中恆山派「三定」和儀琳一眾女尼，以及少林方丈方證；《碧血劍》、《鹿鼎記》中的九難師太等。至於據阿羅漢、《四十二章經》、少林寺、五台山等佛教元素創作的情節，就更不勝枚舉了。

第一節　佛教源起

佛教是以「佛」為信仰中心的宗教。佛是佛陀的簡稱，是梵語 Buddha 的音譯，古代又譯作浮圖、浮陀，意思是覺悟者、悟道者、智者。按照佛教教義，佛並不是神明，而是凡人中的得道者。佛教認為我們身處的世界只是無數世界之一，每個世界都有佛在教化眾生，故此無數世界就有無數的佛，例如過去世界有燃燈佛、未來世界有彌勒佛、西方極樂世界有阿彌陀佛、東方淨琉璃世界有藥師佛，佛經中還提到五方佛、十方佛、過去七佛等種種名號，至於我們身處的世界娑婆世界的佛是釋迦牟尼佛。釋迦牟尼（Śākyamuni）是一個尊稱，釋迦（Śākya）指古印度的釋迦族，牟尼（muni）是梵語音譯，是對出家修行者的敬稱，兩個詞結合起來的大意是「來自釋迦族的修行成就者」、「釋迦族的聖人」。這位釋迦族的聖人在歷史上是名為悉達多（Siddhārtha）的修行者，他是佛教的創始人，

佛教徒尊稱為世尊、釋尊。

悉達多於公元前六世紀在古印度中北部迦毗羅衛國（Kapilavastu，今尼泊爾南方）藍毘尼園（Lumbinī）誕生。悉達多是釋迦族人，部族的姓氏是喬達摩（Gautama），故此文獻又稱他為喬達摩·悉達多。悉達多的父親是該國國王淨飯王，母親是摩耶夫人他誕生後七天母親摩耶夫人去世，由姨母摩訶波闍波提夫人養育成人。悉達多是淨飯王的獨子，自小接受王族教育，到了成年後就娶妻生子，一直過着豪華舒適的生活。他的人生理應只是等待有朝一日繼承王位，之後治國理民。然而，有一天悉達多外出巡遊時，在東、南、西、北四道城門分別看到老人、病人、死人和修行人，感悟到人的一生離不開生老病死的逼迫。這次四門之遊，使他心生出家修行尋求解脫一切法門的念頭。可是悉達多身為太子，想出家修行自然被眾人百般阻撓。結果，他選擇於二十九歲那天一個半夜騎馬偷偷離開皇宮，展開自己的修道之旅。

悉達多跟隨當時天竺著名的修行者學習禪定和苦行。禪定是指兩腿盤屈結跏趺坐，高度集中精神努力對某對象或主題去思維而達到一定境界，而苦行是通過對自己肉體與精神的折磨而達到生天的目的。悉達多曾經在苦行林中進行

極端的苦行長達六年，每日只食少量麻麥。後世有一種苦行釋迦像，描繪這時期的悉達多面容枯槁、形銷骨立，看上去差不多是一個骷髏。惟經過日復一日的苦行，有一天悉達多突然明白到用這種方法根本不可能獲得解脫，於是他從苦行林走入尼連禪河沐浴洗去污垢，然後在河邊接受了一名牧羊女供養乳糜，恢復了體力。之後，悉達多坐在伽耶山一棵菩提樹下進入禪定，發誓「不成正覺，不離此座」。佛經記載，這時魔王擔心悉達多能夠成道，於是向他使出各種誘惑和恐嚇手段。不過，悉達多最終降伏惡魔，大徹大悟，證得梵語所謂阿耨多羅三藐三菩提（anuttara-samyak-saṃbodhi）的境界，意思就是「無上正等正覺」。

佛陀在「降魔成道」後，隨即在鹿野苑向憍陳如等五人傳道。憍陳如等五人原本是淨飯王派去跟隨悉達多修行的隨從，之前見悉達多離開苦行林並接受牧羊女供養，以為他退了道心而離他而去。然而，當五人聽到佛陀向自己宣說了「四聖諦」和「八正道」的至真妙理後，就立即歸依。這是佛陀證悟後第一次說法，佛教史上稱之為「初轉法輪」，而憍陳如等五人成為了最早的比丘（男性出家人）和僧伽（出家人組織）。

所謂「四聖諦」即有關苦、集、滅、道四種真理，是佛教

最基本的教義。苦諦是指認識到一切眾生都沒辦法避免痛苦，例如生、老、病、死、怨憎會、愛別離、求不得、五蘊熾盛等八苦。集諦是指明白貪慾、瞋恚、癡愚等煩惱所造成的苦，這些是驅使眾生陷入生死輪迴的根本原因。滅諦是說斷除一切苦因之後，可以解脫生死輪迴的煩惱，這個境界稱為涅槃。道諦是指修行達到涅槃的方法，具體來講就是通過正見、正思維、正語、正業、正命、正精進、正念、正定等稱為「八正道」的方法修行。其中正見和正思維屬於用來破惡證真，伏愚癡心的「慧」學，正語、正業和正命屬於用來防非止惡，伏貪愛心的「戒」學，正精進、正念和正定屬於用來息慮靜緣，伏瞋恚心的「定」學。「八正道」與戒定慧三學環環相扣，即所謂「由戒生定，因定發慧，由慧起修」。換句話說，「四聖諦」是講苦、苦的成因、涅槃和達到涅槃的方法。

佛陀所講滅諦的涅槃，旨在使生命超脫生死輪迴，這在當時古印度的文化環境屬於一個嶄新的思想。當時人普遍相信輪迴，認為所有生命在死亡之後，會以另一個面貌和形式展開另一個生命，就這樣一直生而復死，死而復生。佛教認為生命分為天、阿修羅、人、地獄、餓鬼、畜生六種存在狀態，稱為「六道」，每一次復生投身「六道」中那一「道」，就視乎該生命前世今生種下的因果業報。眾

生皆苦，生命不斷在生死之間流轉，等同種種煩惱、痛苦永無休止，即使投身在「六道」中福報最厚的天道也是一樣。依據佛陀的言傳身教修行，是世人超脫輪迴之苦唯一的方法，假若如同佛陀一樣成功修證入滅，最基本可達成稱為「阿羅漢」的修行境界，即阿羅漢果。常言十六羅漢、十八羅漢、五百羅漢中的羅漢，即阿羅漢的簡稱。後來大乘佛教認為在阿羅漢果之上，修行者尚可修證願力更宏深的菩薩果以至佛果。

佛陀於成道之後的四十餘年在古印度各地傳播自己的信仰，其中在恆河中游北岸拘薩羅國（Kosala，今印度北方邦北部）都城的舍衛城（Śrāvastī）祇園精舍說法次數最多。古印度世襲的社會等級制度壁壘森嚴，把人分為婆羅門（祭司）、剎帝利（戰士和統治者）、吠舍（農人或牧人）、首陀羅（奴隸），以及最低階層賤民，但佛陀提倡平等，感化的對象不分男女老幼、階級身份、貴賤貧富、種族信仰，跟隨他轉信佛教的有婆羅門、帝王國王、貴族、富人、外道、平民、婦女、奴隸等。例如在摩揭陀國感化了原本信奉火神阿耆尼的迦葉三兄弟及其弟子一千人；在摩揭陀國（Magādha，今比哈爾邦南部）王舍城（Rajagriha）感化了婆羅門摩訶迦葉、信奉「矯亂論」的舍利弗、目犍連；在故鄉感化了父親淨飯王和大量釋迦族

人，其中養育他的姨母摩訶波闍波提夫人、兒子羅睺羅、堂弟阿難陀等人更出家修行；還有屬於首陀羅階層的剃頭匠優波離、屬於賤民的除糞人尼提等等。

佛陀晚年預感自己將不久於人世，選擇了末羅國（Mallas）拘尸那揭羅城（Kuśi-nagara）外作為入滅的場所。他最後在兩株娑羅樹中間枕着右手，側身而臥進入涅槃。佛陀入滅的姿勢是後世佛教藝術中臥佛形象的由來。甘肅敦煌莫高窟第一百五十八窟巨大的臥佛像，塑造佛陀雙目半閉，唇含笑意，絲毫沒有凡人臨終前的痛苦和悲哀，反而有如安然入睡，充分表達了「寂滅為樂」的涅槃境界。相反，造像三側的壁畫描畫了佛陀弟子和各國王公得悉佛陀入滅而十分悲痛，兩者形成了鮮明對比。

佛陀遺體在火化後留下了一些遺骨，稱為舍利，被佛教徒視為聖物。最初拘尸那城的國王想獨佔舍利，引起與佛陀因緣深重的其他七國不滿，八國為此差一點大動干戈，最後經過協商所有舍利平分為八份，八國各持一份回國建塔供養，即所謂「八王起八塔」。到了孔雀王朝，阿育王（公元前二世紀）為宣揚佛法，打開了大部分八塔取出舍利，再重新分裝入八萬四千個寶函，分送各地興建八萬四千個塔來安奉。佛陀的舍利隨佛教信仰流傳各地，其中「佛指

舍利」供奉在陝西省扶風縣法門寺，唐咸通十五年（874）
連同各種稀世珍寶埋入寺內佛塔的地宮，1987 年打開地
宮取出「佛指舍利」和珍寶是佛教界和考古界一大盛事。
除了舍利外，稱為「佛足石」的佛陀足印石刻也被佛教徒
尊崇為聖物。

佛陀訂立了佛法的內容、修行者出家制度和戒律，又感化
和培養了以摩訶迦葉、舍利弗、目犍連、須菩提、富樓
那、摩訶迦栴延、阿尼律陀、優婆離、阿難陀、羅睺羅等
「十大弟子」為首的眾多傑出弟子，他在世時僧迦已經有
相當規模。摩訶迦葉於佛陀入滅後成為了僧迦的領導者，
並很快組織了一次弟子之間的「結集」，即將佛陀遺法共
同誦出並編輯成文字，形成了佛教經典。佛教信仰就這樣
一直發展和傳播開來。

第二節　　出家眾與在家眾

佛陀主張人只有出家才能全心全意、無牽無掛去修行，在
他時代對於出家人和其團體已經定立了制度，也有很多專
門的稱呼。漢語中把佛教男性出家人稱為僧、僧人、僧
侶，這都源自梵語僧伽（saṃgha）一詞。僧伽的意思是
和、眾、多，指人所組成的群體，原本並非佛教專用術

語，後來佛教用來專指出家人團體。佛陀於證悟之後，隨即在鹿野苑度化憍陳如等五人出家，就標誌着僧伽的成立。僧伽是有組織、有系統、有紀律的群體，成員一同修行證道，在生活上互相協助，在教理上互相切磋，各人必須捨己從公，講求合和，即做到所謂身和同住、口和無諍、意和同悅、戒和同修、見和同解、利和同均「六和」。

為便於組織和管理，僧伽按出家人的性別、年齡和持戒種類分為五類人，即比丘（bhikṣu）、比丘尼（bhikṣunī）、式叉摩那（śikṣamāṇā）、沙彌（śrāmaṇera）和沙彌尼（śrāmaṇeri），合稱出家五眾。五眾的名稱都是梵語音譯，比丘有破煩惱、怖魔、乞士、淨持戒等多種含意，專指年滿二十歲持具足戒的男性出家人。梵語把出家修苦行的人通稱為沙門（śramaṇa），佛教中沙彌有小沙門的意思，也有在修行上勤自策勵的意思，專指未滿二十歲持十戒的男性出家人。「尼」是梵語的陰性詞尾，比丘尼和沙彌尼對應比丘和沙彌，分別專指年滿二十歲和未滿二十歲的女性出家人。

按經典記載，比丘尼和沙彌尼須要持戒的數目，較比丘和沙彌為多，這牽涉社會、風俗、文化上男女之別等複雜原因。至於式叉摩那的意思是學法女，要比沙彌尼多持六條

戒律，是成為比丘尼前一個過渡身份，在當代已經不常見。出家人必須以持戒來約束自己的思想、語言和行為，既是為了修道，也是為了克制邪念。佛陀入滅前遺囑之一便是要弟子「以戒為師」。僧伽肩負護持佛法和教化眾生的責任，其中按經典所說以比丘的責任最大最重，佛教以其為「佛法僧」三寶之一的「僧寶」，學佛其中一環便是歸依「僧寶」。

中國歷來習慣把男女出家人分別稱為「僧」和「尼」，合稱「僧尼」。當中「僧」如前提到是僧伽的簡稱，用來專指比丘在佛教教義上並不準確。至於「尼」是對比丘尼的簡稱。在中國古代婦女泛稱姑，故此平民百姓有把比丘尼稱作尼姑。舊日社會輕蔑女性出家的身份和行為，又把尼姑列為「三姑六婆」之一，使尼姑這個詞帶有一點貶義，故此現今已經不用來稱呼比丘尼了。

日常一般人並不會以五眾的名稱稱呼出家人，更常用到的是和尚、法師、住持、方丈等尊稱。

和尚是西域胡語的音譯，梵語中的意思是親教師、依學、近誦、大眾之師等，指德高望重的出家人。法師指通曉佛法、善說教理的修行者。佛教經典分為經藏、律藏、論藏三部

分，精通個別一藏可以分別尊稱為經師、律師或論師，精通三藏便可以尊稱為三藏法師。和尚和法師原本都是尊稱，但後來慢慢形同比丘的一般稱呼。其中和尚一詞加上形容詞，引伸出小和尚、大和尚、老和尚等用法。現實中一般人會稱呼比丘為某某和尚、某某大和尚、某某法師等。

至於住持和方丈嚴格來講不是出家人的稱呼，而是寺院中的領導職務。早期漢傳佛教寺院由上座、寺主、維那三個職務領導，合稱三綱。當中上座是寺院中最資深的成員，寺主負責寺院實際運作，而維那（又稱都維那）負責維持戒律。叢林制度興起後，有需要一個負責人掌管叢林的大小事務，於是設立了相當於過去寺主的職務「住持」，這個名稱有久住護持佛法的含意。唐代百丈懷海（749－814）在《百丈清規》中說：「住持者，主持佛法之名也。叢林立住持者，藉人持其法，使之永住而不滅也。」住持又別稱方丈，取意於住持居住在「方丈之室」。傳說在古印度，神通機智的維摩詰（vimala-kīrti）居士的房間面積僅一丈見方，但他以神力把它變大容下了眾多菩薩和天人。漢傳佛教引用了這個典故，把住持的居室叫作方丈室，後來用作住持的代稱，背後有能小以容大的含義。金庸小說中少林寺的領袖便多數稱為方丈。

在出家五眾之外，佛教把在家的男女信徒合稱在家二眾，梵語中分別稱為優婆塞（upāsaka）和優婆夷（upāsikā），他們只持最基本不殺生、不偷盜、不邪淫、不妄語和不飲酒的「五戒」。出家五眾加上在家二眾合稱七眾，有些說法會把七眾看作僧伽的整體。如同五眾的名稱，日常一般人也不用優婆塞和優婆夷這兩個詞，而多數把在家信徒稱為居士。居士一詞早見於中國先秦文獻，原意是不願做官隱居在家的才德之士。後世文人以居士作為雅稱，而道教、佛教也借用這詞來指居家修行之人。因此，稱為居士的也不一定是佛教信徒，也反過來是出家人對在家人的一個敬稱。《天龍八部》中少林寺的掃地僧仍把偷入藏經閣的蕭遠山、慕容復稱為蕭居士、慕容居士。

第三節　漢傳佛教

從公元前三世紀古印度孔雀王朝開始，佛教分別向南北兩個方向傳播，形成了南傳和北傳佛教兩大主流。簡而言之，南傳佛教依據宗派傳承稱為上座部佛教，又因其尊奉巴利文寫的經典而稱為巴利佛教，現今主要流行於南亞的斯里蘭卡和東南亞各國。北傳佛教依據宗派傳承稱為大乘佛教，從南亞西北部的克什米爾傳入中亞，再從中亞經絲綢之路傳入中國腹地。北傳佛教依地域可細分為漢傳佛教

和藏傳佛教兩支，其中漢傳佛教延伸和影響了朝鮮、日本、越南三地佛教，而藏傳佛教則影響了蒙古和其鄰近地區。目前基督宗教、伊斯蘭教與佛教往往被稱為「世界三大宗教」，是指它們信眾不但最多且不限於一個民族。佛教在歷史上主要在南亞、東南亞、中亞和東亞流行，直至近現代才逐漸傳播到世界各地。目前，南亞和中亞主要流行印度教和伊斯蘭教，佛教在這兩個地區的影響相對較小。

佛教何時和如何從絲綢之路傳入西域和中國腹地，細節已經無法考證，中國佛教史一般把東漢「明帝求法」一事視作漢傳佛教的開端。事緣東漢明帝劉莊（28－75）有一晚在夢裏見到一個金人，翌日為此事詢問大臣，有大臣便答他這個金人是西方稱為「佛」的神明，於是漢明帝便派遣郎中蔡愔等人前往天竺求法，最終蔡愔於漢永平十年（67）把在大月氏遇到的僧人迦葉摩騰與竺法蘭帶回洛陽。漢明帝為兩名僧人在洛陽城外興建了一座精舍白馬寺，而二人就一直在中國弘法譯經直至圓寂。這座精舍之所以用「白馬」命名，是因為這兩名僧人來華時用一匹白馬駄著佛像和佛經。至於「寺」原來是中國古代官署的名稱，例如主管祭祀的叫太常寺、主管刑獄的叫大理寺、主管外交的叫鴻臚寺。兩位僧人最初居處在鴻臚寺，後來興

建好的精舍便沿用了「寺」這個名稱，結果日後「寺」反而慢慢成為了佛教場所的專稱。

迦葉摩騰、竺法蘭在白馬寺內翻譯出第一部漢文佛經是《四十二章經》。《四十二章經》選錄了四十二段佛陀的說話，每段最長百餘字，最短二十餘字，簡明而扼要，可以說是一部佛教教義入門書。不過，學者從語句用詞推斷，現存版本不似是東漢時最初的譯本。《鹿鼎記》其中一個主要情節，是各路人馬爭奪滿州八旗旗主保存的《四十二章經》抄本，後來故事揭曉每本經書的封皮夾層內都藏着一堆羊皮碎片，將所有碎片拼起來是一張藏寶圖，記錄了滿州人把入關後搶掠到的財寶收藏在關外長白山老家的位置。《四十二章經》其中一段說：「佛言：『財色之於人，譬如小兒貪刀刃之蜜，甜不足一食之美，然有截舌之患也。』」這是說貪財好色就像無知的小孩子去舐刀鋒上的糖，為了一時的甜美最終定會割損舌頭。《鹿鼎記》是一個全書從頭到尾充斥着財色的故事，金庸安排全書最大財寶的秘密在一部佛經中，未知是想諷刺人始終捨法而求財，還是有警世的意味？

漢傳佛教最大特點是經典和僧伽生活基本上全面「漢化」。漢語佛經最初是來華的西域高僧翻譯，眾人中貢獻

最大的是鳩摩羅什（344－413）。後來不少中國僧人為了求法取經不惜冒着生命危險，攀山涉水，不辭千里前往天竺，其中以法顯（337－422）、玄奘（602－664）、義淨（635－713）三人最為著名，這些僧人回國時便帶回了大量梵文經典進行翻譯。佛經翻譯對漢語詞彙、聲韻和文學都有非常深遠影響。隨着經典的譯出，對經典的理解和偏重的不同又使漢傳佛教形成了本土宗派，例如稱為「大乘八宗」的天台宗、三論宗、律宗、淨土宗、法相宗、禪宗、華嚴宗和密宗。而由於天竺與中國在風土和民俗上的不同，所以中國僧伽的生活逐漸形成了濃厚的本土特色，例如僧人以「釋」為姓，居住在叢林，穿漢化僧服，在飲食上沒有持缽乞食，嚴格持齋不吃肉，而且較好保留了女性出家的比丘尼傳統。

第四節　剃鬚髮與穿袈裟

佛教修行者在外表和行止上，與一般人和其他宗教修行者都有明顯的區別。佛陀規定弟子要剃髮、着壞色衣和持缽乞食，目的是要去除他們的憍慢心。佛教教義中憍和慢是兩種相似的心態，憍指一個人為自己的優點和擁有的事物而自大，慢是指一個人認為自己勝過他人而輕視人。《佛垂般泥洹略說教戒經》記載，佛陀涅槃前對弟子強調：

「汝等比丘，當自摩頭，已捨飾好，著壞色衣，執持應器，以乞自活，自見如是。若起憍慢，當疾滅之。」一般人在物質生活上離不開追求穿好和吃好，但佛陀就要弟子把頭髮剃光，穿不漂亮的衣服，吃向人乞討回來的食物，藉由遠離衣食上的貪着作為一種修心的手段。這種規定亦使僧伽在外表上，與古印度其他宗教的修行者區別開來。

僧尼外貌的最大特點是剃髮。在古代從髮型、冠帽和髮飾可以分辨出一個人的民族、性別、年齡、身份。例如古代漢人男子蓄髮束髻，皇帝戴冕旒，士人戴冠，百姓戴巾，女子年小梳丫髻，成年束髮插簪，而小童則會垂髫。中原以北的契丹、女真和蒙古男子髡髮，即只在前額、兩鬢或腦後留下部分頭髮作裝飾。相對來說，中國人剃去鬚髮往往是一種刑罰，在古代稱為髡刑，是五刑之一。佛教出家人剃去頭髮，意味着拋棄了頭髮所代表的世俗身份和有關的一切。

《過去現在因果經》記載佛陀於出家時發願說：「今落鬚髮，願與一切，斷除煩惱及習障。」佛教以剃髮作為修行出家的象徵，故此出家又稱為剃度，完成剃髮後呈現出家人之形相，稱為圓相，象徵出離煩惱。漢語中把頭髮稱為煩惱絲正是借用自佛教傳統。佛陀說「落鬚髮」是強調出

家人要一併剃去頭髮和鬍鬚，故此流行文化作品中經常出現手捻長鬚的老僧，其形象並不符合佛教戒律。不過，歷來漢傳佛教也有少數僧人留鬚，當中有為了順應漢俗，也有實踐「頭陀行（苦行）」而無暇打理的原故，此屬於特例。

佛教最初傳入中國時剃髮是與漢文化最大的矛盾之一。儒家以孝道為所有德行的根本，而《孝經》開篇就說：「身體髮膚，受之父母，不敢毀傷，孝之始也。」把一個人懂得愛護自己身體髮膚作為實踐孝道最基本的行為。因此當時批評佛教者便引用《孝經》大力抨擊剃髮是離經叛道，甚至動搖整個道德綱常。東漢佛教徒牟子為駁斥這個觀點，在《理惑論》中引用先秦時泰伯祝髮紋身、豫讓吞炭漆身、聶政自毀容貌、伯姬蹈火而亡四個故事，指出四人為了大德大義毀傷身體但卻為人稱頌，若然如此僧人為求佛法而剔除鬚髮就不應受到特別的批評。

僧尼穿的衣服叫壞色衣、染衣，也稱為袈裟。佛陀和弟子最早穿的叫糞掃衣，意思是從垃圾堆或墓地撿回來的破舊衣服，只是為求有衣蔽體。後來佛陀容許弟子隨緣接受信眾布施新布，但規定弟子必須先把新布用取自樹皮、樹根、樹汁、花草的天然染料漂染，以破壞新布原來較為鮮

豔的顏色，故此稱為壞色衣或染衣。袈裟一詞則是梵語壞色、不正色、染色的音譯。文獻對甚麼是壞色有不同定義，一般指青色、黑色和木蘭色（赤黑色），中國歷代僧人就有穿青色、赤色、緋色、褐色、緇色（黑色）。在中國，皇帝也有賞賜高僧紫色和大紅色袈裟的傳統，但這凌駕了僧衣應用壞色的規定。袈裟除了要壞色布外，也須要把布切割成塊再重新縫合而成，故此稱為割截衣、雜碎衣，這樣做的目的是為免盜賊覬覦布料。漢語稱縫補為衲，故此袈裟又稱為衲衣、百衲衣，這也是佛教出家人自稱「衲僧」或「老衲」的由來。此外，袈裟上縫補布塊形成的圖案有如農田的阡陌，故此又稱為田相衣、福田衣、水田衣等等。

袈裟最早的式樣只是一大塊布，僧人在穿着時把整塊布披搭在身上，露出右肩和右膀。這種式樣一來是適應南亞炎熱的氣候，二來大部分人慣用右手，露出右肩右膀也方便做事。時至今日，南傳佛教的袈裟基本上保留了這個傳統，只是不同地區和傳承的式樣略有分別。相對來說，袈裟的傳統在漢地發生了較大變化。源自熱帶的袈裟式樣，既在東亞相對寒冷的氣候中不足以禦寒，且偏袒右肩抵觸漢文化避忌袒露身體的風俗，加上漢傳佛教叢林生活規定僧人要參與大量體力勞動，這在禮俗和生活上處處都造成不便。結果漢地僧人因地制宜，日常改穿用漢服改製的常

服，其中寬袍大袖的禮服叫作海青，僅在參與儀式和重要
場合時才在常服外披搭袈裟。在這種改變下漢地的袈裟尺
寸較小，但在披搭時仍然保留了偏袒右肩的古老傳統。
披袈裟也是佛教出家的象徵，清世祖福臨（1638－1661）
便有詩云：「黃金白玉非為貴，唯有袈裟披肩難。」相反
脫去袈裟即是還俗，《天龍八部》中虛竹突然繼承了逍遙
派掌門之位，「函谷八友」之首康廣陵就勸這位掌門師叔
「趁早脫了袈裟，留起頭髮」。

金庸武俠小說或其他作品中不乏僧人被罵是禿驢的對白。
佛教以佛、法、僧為三寶，蔑視和呵罵僧人屬於觸犯不敬

僧衣。圖中描繪的是在漢
服剪裁的僧衣外加上迦
裟。（圖片來源：明王圻、
王思義《三才圖會》）

三寶之罪，但千百年來僧伽中難
免沒有戒行不端的人，如此自然
會產生出相應的詞彙。查考文獻
禿驢這詞應原作禿奴，最早見於
兩宋時期。北宋李昉（925－996）
《太平廣記》〈蘊都師〉中幻化美
女的夜叉罵破戒僧為「賊禿奴」。
北宋初年僧人道原（十一世紀）
編撰的佛教禪宗史書《景德傳燈
錄》中也出現「老禿奴」這個詞。
又南宋洪邁（1123－1202）寫的

志怪小説《夷堅志》〈雪峰異僧〉中提到一個遊方僧人説：「福州人要罵僧作禿奴。」至於禿驢這個用法，廣泛見諸明代《水滸傳》、《警世通言》、《醒世恆言》、《拍案驚奇》、《西遊記》等章回小説，而類似的詞語還有禿廝、禿賊、賊禿等。

毫無疑問，禿奴、禿驢或禿廝等詞中的禿字，是用來譏諷佛教出家人剃髮的外表，至於奴或驢字則有值得深究之處。文獻中以「佛奴」形容僧人好像佛的奴僕一樣，而在寺中「捨身為奴」即是出家的意思。南朝皇帝頗以在佛寺捨身為「佛奴」為一種功德，著名的「菩薩皇帝」梁武帝蕭衍（464－549）在同泰寺多次「捨身為奴」，後來陳武帝陳霸先（503－559）在大莊岩寺、後主陳叔寶（553－604）在太皇寺也曾經「捨身」。又歷代不少人的名、字或小名為佛奴、釋奴、菩薩奴、僧奴之類，但這亦未必是表示信佛，而是相信為孩子取賤名好養活。至於把「奴」改為「驢」是用來加重藐視的意思。中國傳統文化中驢有愚笨、倔強的形象，其中唐代柳宗元（773－819）寫的寓言〈黔之驢〉説「黔驢技窮」對驢的形象有相當大的影響。除了「奴」、「驢」兩字字音相同外，用驢來形容僧人也有可能與僧人穿木蘭色、黑色的衣服與驢的皮毛顏色相似有關。

第二章
少林寺與七十二絕藝

令狐沖叫道：「使不得，這是達摩老祖。」他知達摩老祖乃少林寺的祖師，少林寺武學領袖群倫，歷千餘年而不衰，便是自達摩老祖一脈相承。達摩當年曾面壁九年，終於大徹大悟，因此寺中所供奉的達摩像，也是面向牆壁。達摩老祖又是中土禪宗之祖，不論在武林或在佛教，地位均甚尊崇。

《笑傲江湖》第二十六回〈圍寺〉

敝寺歷代祖師傳法授徒，均以佛法為首，武學為末，僧眾若孜孜專研武功，於佛法的參悟修為必定有礙。就算是俗家弟子，敝寺也向來不教他修煉一門絕技以上，以免他貪多務得，深中貪毒。

《天龍八部》第三十九回〈解不了名韁繫嗔貪〉

談到漢傳佛教，必定想起河南嵩山少林寺。少林寺在漢傳佛教歷史中有着崇高的地位，這座寺院始建於五世紀末，是漢傳佛教主要宗派之一禪宗的祖庭，有「天下第一名剎」的美譽。惟談到少林寺一般人想起的不是佛法，而是

少林功夫。自古以來，少林寺就以其獨特的佛教武術文化
而聞名天下，為此民間甚至流傳「天下武功出少林，少林
功夫甲天下」的說法。隨着近現代中華武術文化日益興
盛和普及，「少林功夫」不但備受武術界的重視，而且成
為民間故事、小說、電視、電影等流行文化創作的題材。
眾多作品當中，1978 年劉家良主演的《少林三十六房》、
1982 年武打巨星李連杰的成名作《少林寺》，以及 2001
年周星馳自導自編自演的《少林足球》三部膾炙人口的功
夫電影，在海內外都產生了極大的文化影響。在流行文化
推波助瀾下，少林功夫成為了中華武術以至中華傳統文化
的一個代表符號。

少林寺在金庸武俠小說長篇中幾乎從不缺席，且在這些作
品中都與主線的關鍵劇情有關。在以北宋為背景的《天龍
八部》中，三位主角之一喬峰師從於少林方丈玄慈，另一
主角虛竹則是少林寺和尚，與該寺有關的還有「帶頭大
哥」、藏經閣、掃地僧等幾個情節。原藏少林寺藏經閣的
《九陽真經》，是連接《射鵰》三部曲中後兩部《神鵰俠侶》
和《倚天屠龍記》的重要物件。在《倚天屠龍記》中效力
蒙元汝陽王府的幾個武功高強反派，來自少林寺叛徒火工
頭陀在西域開創的「金剛門」。少林寺在福建莆田的下院
南少林收藏的秘笈《葵花寶典》，是《笑傲江湖》故事中

一切的禍根，而故事最後主角令狐沖的怪病得以治好，則
全靠少林寺方丈方證大師暗授少林內功《易筋經》。在以
清康熙年間（1661－1722）為背景的《鹿鼎記》中，少
林寺方丈晦聰禪師為代康熙帝出家的韋小寶剃度成晦明和
尚。從這幾部有明確歷史背景的作品，可以為少林寺譜寫
一段完整的虛構歷史。

從虛構回到現實，要說清楚真實的少林寺和少林功夫，要
從禪宗和達摩講起。

第一節　達摩與禪宗

歷史上任何宗教總會派生成大大小小的宗派，為此甚至引
起世俗的衝突，箇中原因主要是修行人在教義、戒律、禮
儀、修行、傳承等一方面或多方面的分歧。佛教出現宗派
的其中一個起因就源自戒律。佛陀規定出家人要持戒，而
這些禁戒中很多是佛陀以「隨犯隨制」的原則所制定，例
如《四分律》記載僧伽中搗蛋的「六群比丘」（即難陀為
首的六名比丘）蓄翹起的八字鬍、剃髮不剃鬚、用剪刀剪
鬚髮、用手拔頭髮，於是佛陀才明言「應鬚髮盡剃」。佛
陀入滅時叮囑弟子要「以戒為師」，不過又遺囑隨侍在側
的弟子阿難陀「小小戒可捨」，結果在佛陀入滅後不久在

王舍城舉行的結集上，領導結集的摩訶迦葉就當面責難阿
難陀沒有問清楚佛陀甚麼是「小小戒」。雖然有關爭議於
這次結集上得到平息，但最終於佛陀入滅後一百餘年，僧
伽為了教義上「大天五事」或戒律上「十事非法」的爭論
分裂為上座部和大眾部，佛教史稱為「根本分裂」。之後
幾百年，上座部和大眾部又各自分裂成十八個或二十個更
小的派別，佛教史稱為「枝末分裂」。今日南傳佛教就是
由上座部中赤銅鍱部的分支大寺派演化而來。究竟甚麼是
「小小戒」？戒律是否可採用「隨方毘尼」的原則按氣候
和風土人情斟酌取捨？至今仍然是僧伽經常討論的議題。

比上座部和大眾部後起提倡「菩薩道」的大乘佛教，傳入
中國後形成天台宗、三論宗、律宗、淨土宗、法相宗、禪
宗、華嚴宗、密宗等最少八個宗派。八個宗派中以禪宗
和淨土宗最為流行，而兩者恰好在修行方面顯示兩種截
然不同面貌。禪宗在修行上強調「自力」，即依靠自己的
修證來達到解脫。這派強調修行要旨為「教外別傳，不立
文字，直指人心，見性成佛」。即傳法時不依賴語言和文
字，而以心心相印的特殊方式直指人心，從而使人開悟。
這種特殊的弘法和傳法方法，在歷史上留下了大量發人心
醒的故事，稱為「禪宗公案」。淨土宗在修行上則強調「他
力」，即依仗佛、菩薩宏願之助力而得到解脫。這派主張

佛和菩薩大慈大悲，眾生通過懺悔、發願、唸佛等方法，就可以得到佛和菩薩接引往生西方極樂世界。一般人時常聽到佛教徒常說「南無阿彌陀佛」、「阿彌陀佛」，就是源自淨土宗修行法門。

禪宗傳統以「拈花微笑」的傳說，推尊佛陀弟子摩訶迦葉為本宗第一代祖師。「拈花微笑」的傳說見於唐宋以來的禪宗經典，話說佛陀有一天在靈鷲山說法時，默默拈起了座前的一朵花，在場聽法的人都面面相覷，無法會意，唯獨摩訶迦葉心領神會，微笑而對，之後佛陀開口說：「吾有正法眼藏，涅槃妙心，實相無相，分付摩訶大迦葉。」（南宋晦巖智昭《人天眼目》卷五）禪宗以此認為摩訶迦葉得到佛陀真傳。後來摩訶迦葉傳法予阿難陀，阿難陀傳法予商那和修，之後在天竺一傳再傳，第二十七代為般若多羅，第二十八代為菩提達摩。從摩訶迦葉至菩提達摩稱為「西天二十八祖」，後來菩提達摩於南北朝時從天竺來華，成為了中國禪宗的初祖。

菩提達摩又音譯菩提達磨、菩提達磨多羅、達磨多羅、菩提多羅等等，簡稱達摩或達磨。達摩原本是南天竺香至國國王第三子，出家後從般若多羅修行，得其真傳，後來以東方因緣成熟決定前往中國弘法。雖然佛教主要是從絲綢

之路經西域傳入中原腹地，但其實東漢以來一直有不少天竺和中國僧人選擇從海路往來，達摩便是坐船於五世紀後期到達廣州番禺（今廣東廣州）。當時梁武帝蕭衍（464－549）是著名的「皇帝菩薩」，他篤信佛法，不但在首都建康（今江蘇南京）興建大量佛寺，聚集僧伽弘法，且個人以皇帝之尊獻身信仰，後世就稱他「刺血寫佛經，散髮與僧踐，捨身為佛奴，屈膝禮和尚」。（南宋洪邁《容齋隨筆》）梁武帝隆重迎請達摩到建康會面，請教他自己建寺院、造佛像、寫佛經、度僧人，如此種種弘法的舉措究竟有多少功德呢？梁武帝大概期待達摩的誇讚，怎料達摩卻直言這些「有為之善」充其量只是積福，沒有一點功德可言。梁武帝原本渴望得到讚譽，對達摩的回答自然感到索然無味。

明末清初犀角雕達摩坐像。達摩在少室山面壁坐禪九年，人稱「壁觀婆羅門」。（圖片來源：The Metropolitan Museum of Art）

達摩有感與梁武帝話不投機，不久便北行渡過長江進入北魏國境。傳說達摩過江時並不是坐船，而是在岸邊隨手折了一根蘆葦，然後踏着那根蘆葦渡江，即所謂「一葦渡江」。後世好事者就把這

個傳說附會為達摩武功高強的證明。達摩北行最後來到河南嵩山少林寺附近面壁坐禪，前後長達九年，當時人不明所以，於是稱他為「壁觀婆羅門」。嵩山就留有達摩洞、影石、初祖庵等相關遺蹟。後來僧人神光慕名來到嵩山向達摩求法，最終得到達摩認可和傳法，並獲改名慧可，即中國禪宗二祖。這次傳法標誌了中國禪宗的開創和傳承，亦是少林寺被視為禪宗祖庭的原因。

從南北朝到唐代二百餘年間，達摩傳法慧可，慧可傳法僧璨，僧璨傳法道信（580－651），道信傳法弘忍（601－675），弘忍法傳法予惠能（638－713）。從達摩至惠能一共六代，即中國禪宗初祖至六祖。道信和弘忍在蘄州黃梅（今湖北黃梅）弘法時，禪法日興。弘忍座下出色的弟子除了六祖惠能外，尚有神秀（606－706）。神秀是東都洛陽（今河南洛陽）人，是弘忍的首座弟子，有「秀上座」之譽，頗負盛名。相反，惠能來自遍遠的嶺南道新興縣（今廣東新興），語音不正，目不識丁，弘忍最初就戲稱他為「獦獠」。雖然弘忍認為前來求法的惠能有根性，但最初也只安排他在寺內廚房打雜。弘忍有意傳法時，要求各人「取自本心般若之性」作一偈句來表達自己所悟。身為上座的神秀為此作偈說：「身是菩提樹，心如明鏡臺。時時勤拂拭，勿使惹塵埃。」可是弘忍從這偈認為神秀「未

見本性」。惠能得悉神秀的偈句後，請人在壁上寫了一偈和應：「菩提本無樹，明鏡亦非臺。本來無一物，何處惹塵埃。」結果，弘忍憑此偈認可了惠能，但為免惹起徒眾之間的爭議，選擇夜裏向惠能秘密傳法，並指示他即時偷偷南歸。後人認為這兩偈反映在修行上神秀主張「漸悟」而惠能主張「頓悟」。世傳弘忍秘密傳法予寂寂無名的惠能而非年高德劭的神秀，引起了一場風波。以上這些禪宗史事，主要見載於惠能弟子法海編集的《六祖壇經》。

不論如何，禪宗到了神秀、慧能一代可以説法門大開。唐大足元年（701）神秀應武則天（624－705）駐錫東都洛陽，當時已年過九十的神秀為武則天及她兩名兒子中宗李顯（656－710）和睿宗李旦（662－716）講法，故此被譽為「兩京法主，三帝門師」，這對禪宗在北方的發展影響極大。惠能則未應帝王之詔北上中原，長年在韶州（今廣東韶關）曹溪寶林寺弘法，弟子眾多，其中五大弟子分別為荷澤神會（668－760）、南嶽懷讓（677－744）、青原行思（671－740）、永嘉玄覺（665－712）和南陽慧忠（675－775）。禪宗史按地理把神秀一系稱為「北宗」、惠能一系稱為「南宗」，簡稱「南能北秀」、「南頓北漸」。惟「北宗」幾代之後日漸息微，後世禪宗都以「南宗」為主。南嶽懷讓再傳弟子有制定《百丈清規》的百丈懷海

（749－814），而懷海弟子日後發展出溈仰宗和臨濟宗，至於青原行思一系日後則發展出曹洞宗、雲門宗和法眼宗。溈仰宗、臨濟宗、曹洞宗、雲門宗和法眼宗合稱禪宗五家，各宗的門風各有特色，師父接引弟子的手法各自不同，例如説「臨濟將軍，曹洞士民」，認為前者對答時機鋒峻烈，有如百萬雄師，後者學説細密，有如精耕細作的農人。不過到了南宋時期，禪宗五宗也只剩下臨濟宗和曹洞宗兩個主流。

第二節　少林功夫

嵩山分為太室山和少室山兩部分，「少林」並非佛教術語，而是形容該寺位於少室山的密林之中。雖然這座寺院被視為禪宗祖庭，但是嚴格來説初祖達摩和二祖慧可是在寺院附近的山巖修煉，與之相關的遺蹟達摩洞、初祖庵、二祖庵、煉魔台等都遠在寺外正是這個原因。追本溯源，少林寺是天竺僧人跋陀於北魏太和十九年（495）創立，並非禪宗專屬，而於創立後的四五百年間該寺受到北周武帝滅佛、隋末戰亂、唐武宗李炎（814－846）滅佛和五代戰亂的影響，一直屢興屢廢，至北宋初年記述仍然甚少。北宋元祐八年（1093）曹洞宗的報恩禪師入主後，該寺才從此一直是禪宗道場。其後該寺規模越來越鼎

盛，與元代起一直得到統治者的青睞有關，清乾隆十五年（1750）高宗弘曆（1735－1796）就遊覽和住宿過該寺，並題詩留念。

然而即使朝代如何更迭，少林寺在不同時期都留下了多多少少「尚武」的痕跡。佛教最基本的戒律「五戒」規定「不殺生」，相反武術的本質並非用來強身健體而是用來傷人或殺人，故此按道理出家人不應該學武習武，以免滋長嗔恚鬥狠之心。然而，歷史上部分地方的僧人出於護寺、護法以至護國的實際需要，不但有「尚武」的傳統，甚至組織僧兵，少林寺就是當中的佼佼者。

嵩山太室山和少室山之間的轘轅關是洛陽通往河南東南部的要衝，道路險隘，自古以來是兵家必爭之地，這使毗鄰的少林寺十分容易受到戰事影響，大抵因此激發了僧人習武以求自保。唐代立國之初，秦王李世民（598－649）與在洛陽自稱「大鄭皇帝」王世充（？－621）連年交戰，一度戰事不利，武德二年（619）獲得少林寺上座善護、寺主志操、都維那惠瑒率領曇宗、普惠、明嵩、靈憲、普勝、智守、道廣、智興和滿豐一共十三人助戰，生擒了王世充之侄王仁則，事後少林寺獲得了不少賞賜，而曇宗更被授予「大將軍」之職，有關此事有《秦王李世民告柏谷

塢少林寺上座書》、《唐太宗賜少林寺教碑》、《皇唐嵩岳寺碑》等文字為證。這件事日後被人演變出「十三棍僧救唐王」的民間故事，1982 年李連杰主演的功夫電影《少林寺》便是據這個故事改編。

少林寺「尚武」傳統植根於隋唐之交，到了明代已經享負盛名，從十六至十七世紀時文人詩文所見，當時遊覽嵩山到少林寺觀看僧人習武是必備的節目。例如禮部尚書徐學謨（1522－1594）《少林雜詩四首 ‧ 其二》說：「怪得僧徒偏好武，曇宗曾拜大將軍。」王士性（？－1598）《嵩遊記》說：「武僧又各來以技獻，拳棍搏擊如飛。」登封知縣傅梅（1565－1642）《過少林寺》說：「地從梁魏標靈異，僧自隋唐好武功。」明萬曆四十一年（1613）進士焦宏祚在《少林寺》說：「僧閒古殿仍談武，鳥立空階似答詩。」河南巡撫程紹（1557－1639）在《少林觀武詩》說：「暫憩招提試武僧，金戈鐵棒技層層。」

不過，在抗倭名將兼武術名家俞大猷（1503－1579）眼中當時少林功夫名氣雖大，卻是名不符實。事緣明嘉靖四十年（1561）俞大猷從雲中（今山西大同）返回沿海前線時，專程取道嵩山拜訪少林寺欲與僧人交流棍藝，卻大失所望，直言寺內武藝「已失古人真訣」。怎料寺僧即反

過求要求俞大猷傳藝，於是俞大猷帶了年少有力兩名僧人宗擎和普從隨軍訓練。三年多後兩人學成回寺，重新傳揚棍法。又過了十三年，宗擎在順天府（今北京市）拜訪了正在神機營任職的俞大猷，俞大猷為此寫下了《詩送少林寺僧宗擎》和《少林寺僧宗擎學成予劍法告歸》兩首詩記述兩人的交往（見《正氣堂續集》卷二）。

然而到了清末民初，少林功夫在推崇「國術」的風氣下被世人推上神壇，甚至被蒙上了神秘以至迷信的面紗。當時武術史家唐豪（1896－1956）力排眾議，通過文獻考據著作《少林武當考》，直言《易筋經》和《洗髓經》是偽作，少林棍法出自緊那羅王只是傳說，而把群羊棍、齊眉棍、瘋魔棍、行者棍等棍法都列為少林棍法是胡說八道，認為「今人動以少林武當為市招，余謂其動機多出於惑世誣人博名射利之一念」。唐豪在自序中不諱言「這本小冊子，得罪人的地方頗多。」但正是他這份學術求真的精神，開啟了具意義的中華武術史研究。

誰也不會料到「尚武」傳統，到了近代卻是造成少林寺一次厄難的源頭。清朝滅亡後地方政府管治乏力，各地土匪橫行。這時少林寺方丈恆林就組織了「少林寺保衛團」維持當地治安，於 1920 年代中期與領導當地武裝力量「建

國豫軍」的樊鍾秀（1888－1930）過從甚密。1926年
國民革命軍發動北伐，屬革命軍一方的馮玉祥（1882－
1948）屬下蘇明哲和石友三（1891－1940）的部隊就
與「建國豫軍」在河南鞏縣和偃師縣展開攻防。1928年
3月，「建國豫軍」不敵退入嵩山，有說樊鍾秀把部隊駐
紮在少林寺，故此引來石友三火燒少林寺。另外，唐豪則
引述寺中人說：「（樊鍾秀）詐言山南駐有重兵，所以石
友三追至少林寺，令軍士發火。」（〈行健齋隨筆 · 紀少
林被焚〉）所謂發火似乎是指炮擊。不論真實經過如何，
少林寺大部分建築因此毀於一旦，多年之後才得以復興。
其實篤信基督教的馮玉祥於1927年主政河南後就發動了
「中原毀佛」行動，沒收寺產、驅逐僧尼，開封大相國寺
就被搗毀改為市場，即使少林寺不毀於戰火，在當時局勢
下也可能難逃厄運。日後石友三被部下活埋、馮玉祥在輪
船大火意外身亡，有人就視作「毀佛」之報應。

第三節　七十二絕藝

在金庸小說中，少林寺以七十二絕技名滿天下。《天龍八
部》是其中一部提及七十二絕技最多的作品。在故事中慕
容博、蕭遠山多次潛入少林寺藏經閣抄錄七十二絕技秘
笈。後來鳩摩智以自己的絕學「火焰刀」從慕容博換取了

部分秘笈副本。理論上七十二絕技要以少林派內功為基礎，鳩摩智沒有少林內功修習外功，但憑自己的才智以逍遙派的小無相功修習七十二絕技。他練成以後，向大理國崇聖寺（天龍寺）提出以少林派七十二門絕技要旨、練法及破解之道交換大理段氏的《六脈神劍經》。在故事第四十回〈卻試問幾時把癡心斷〉，鳩摩智在少林寺誇言身兼七十二絕技，接連使出般若掌、摩訶指、大金剛拳、拈花指、托缽掌、如影隨形腿、多羅指法、大智無定指、去煩惱指、寂滅抓、因陀羅抓、龍爪功等。由於每一樣絕技鍛鍊過程艱難，加上正如方丈玄慈解釋少林規定不准多練，練上一門已經獨當一面，沒必要多學，鳩摩智使少林寺所有僧眾大為吃驚。

小說家筆下的少林七十二絕技顯然純屬虛構，但現實中的少林寺確實流傳七十二藝。這些絕藝直至民國年間為世人所知，有賴於武術家金恩忠和少林寺方丈妙興。

根據金恩忠自述，他字澤臣，別號警鐘，又號瘋癲客，出身滿州望族，自小喜歡習武，練過斛斗術、少林拳、譚腿、卸骨法，長大後從軍，官至東北軍營長、武術總教練、教育主任。綜合金恩忠的自述和其他資料，用現在的說話來講他是一個名符其實的「武癡」。他一生本着「強

國強種」的信念致力弘揚「國術」，1930 年代在天津建立道武德學社及編印《國術週刊》，又編印《國術名人錄》、《實用大刀術》、《少林七十二藝練法》、《硬氣功闡秘》、《渾元一氣功》等書籍。

在 1934 年出版的《少林七十二藝練法》卷首〈妙興大師傳記〉中，金恩忠講述了自己如何從少林寺方丈妙興獲得七十二藝的資料。妙興，字豪文，是河南登封人，精通武術，後來有感世道淪喪，因而看破紅塵，在故鄉的少林寺出家為僧。當時方丈恆林發現妙興的天賦，於是「授以少林嫡宗拳械及各種功夫，並鎮山棍、護山子門性功、羅漢拳等術，並點穴、卸骨、擒拿、按導、煉氣行功等法」。

在恆林悉心指導下妙興的武藝更上一層樓，成為全寺之冠，故此每當有俗人來寺說要比武時，都由妙興負責與人較量，大概這樣使他贏得「金羅漢」的綽號。恆林圓寂前遺囑妙興接任住持，妙興不負眾望振興寺務，不久又被眾人推舉為方丈。妙興志向遠大，金忠恩形容他「打破歷來秘技不傳之旨，以發揚武術，強種強國為職志」。為此，他一方面大收俗家弟子，另一方面編寫了《少林宗派淵源世系圖解》、《少林拳解》、《少林棍解》、《達摩五拳經》、《少林戒約會義》、《增補拳械箴言》等書。金恩忠自言於

1928 年隨軍到少林寺時，獲妙興收為弟子並傳授了《先天羅漢拳》、《白猿劍法》、《七十二藝》、《性功秘秘》等抄本，並被囑咐要將少林武術發揚光大。

目前有關妙興生平的記載莫衷一是，金忠恩的說法就有不少未明確的地方。例如金忠恩說自己於「民十七年」即 1928 年隨軍在嵩山時拜師學藝，但少林寺於當年 3 月在國民革命軍北伐期間焚燬，在時間上未免似有衝突。又金忠恩說準備出版《少林七十二藝練法》時，「奉函請索吾師照像」，才得知妙興於一年前圓寂，「年僅五十有八」，為此並寫下一副輓聯：「瞻彼昂昂金羅漢，拳佛鎗刀，交發並至，跳龍臥虎，尚武精神，豪氣鵬鵬貫牛斗。嘆我堂堂勇禪師，膽堅鐵石，志烈秋霜，發揚國粹，救我民族，大義凜凜滿乾坤。」但有資料則說，妙興早已於 1927 年率領「少林寺保衛團」參與軍閥混戰時陣亡，年僅不過三十六歲。幸而另一位武術家裴錫榮（1913－1999）的遺著《少林七十二藝與武當三十六功》印證了金忠恩的說法。裴錫榮在該書前言中說：

> 1931 年我曾親往嵩山少林寺拜訪了妙興法師，當時法師為少林寺住持。時值石友三火焚少林寺的第三年，寺中大量建築和珍貴佛經被毀。妙興接見了我，和我談武練拳，依然精神抖擻，他曾向我傳授了少林七十二藝（功）的具體練

法……。我在少林寺中住了一段時間方離去，臨行前妙興
法師囑咐我著書傳世。翌年，我帶著整理好的少林七十二藝
（功）再訪少林寺，打算請妙興法師指正，不幸妙興法師已
圓寂。由於沒有當面請妙興法師指正，其所傳的少林七十二
藝（功）與五形拳的整理本我一直收在身邊沒有出版。

裴錫榮以為這批資料已經在「文革」期間被毀，在自己舊
書堆重新發現後才決心整理出版。由此可以確認妙興整理
和傳授七十二藝的事實，並於 1931 至 1932 年間才圓寂。

金警鐘收藏釋妙興的題詞。釋妙興這十句題詞描述了自己
的武學心得。（圖片來源：民國《國術週刊》創刊號）

妙興整理的七十二藝與一般人理解的「功」不同。在武俠
小說中，「功」多數是指一套完整的修練或技擊方法，俗
話來說就是一招一式，例如《天龍八部》中王語嫣解說大
韋陀杵時，說：「那是少林七十二絕藝中的第二十九門，
一共只有十九招杵法，但招招極為威猛。」近代中華武術
把這種成套的技擊稱為「套路」，但在古代「套路」其實

叫作「拳」、「拳法」，而武術家則稱作「拳師」。相對於「拳」或「拳械」，「功」指的是提升身體和運動質素的方法，即今天講的肌肉耐力、肌肉力量、柔軟度、速度、爆發力、平衡力、敏捷度、準確度、協調度、反應力等運動能力。常說「練拳不練功，到老一場空」，真正的意思應該是指若果只練習套路但沒有基本身體質素，拳術打得再精熟好看，不過是花拳繡腿，器械練得再靈活利落，終究是舞槍弄棒。

金恩忠和裴錫榮記述妙興整理的七十二絕藝僅名稱略有分別，以裴錫榮所記分別為：

一指金剛法	千斤閘	陽光手	飛簷走壁法
雙鎖功	金鐘罩功	門襠功	翻騰術
足射功	鎖指功	鐵珠袋功	柏木樁
拔釘功	羅漢功	揭諦功	霸王肘
抱樹功	壁虎游牆功	龜背功	拈花功
四段功	鞭勁法	躥級術	推山掌
一指禪功	琵琶功	輕身功	馬鞍功
鐵頭功	流星樁	鐵膝功	玉帶功
鐵布衫功	梅花樁	超距功	井拳功
拍打內功	石鎖功	摩插術	沙包功

鐵掃帚功	鐵臂膊	石柱功	點石功
竹葉手功 （鐵砂掌）	鐵臂膊	鐵砂掌	拔山功
跳蜈蚣功	柔骨功	達摩渡江	螳螂爪
仙人掌功	蛤蟆功	斂陰功	布袋功
紙篷功 （剛柔法）	穿簾功	空手入白刃	觀音掌
朱砂掌功	龍爪功 （鷹爪功）	飛行功	上罐功
臥虎功	鐵牛功	五毒手	合盤掌
泅水術	鷹翼功	分水功	石荸薺功

這些「功」有些可以顧名而思義，例如鐵頭功、鐵布衫功、鐵臂功、鐵膝功、鐵砂掌、金鐘罩功等等是鍛鍊身體部位的強度，鍊成後有的用作攻擊，有的用作防禦。又例如躥級術、跳躍法、輕身功、飛簷走壁法、翻騰術等等，是鍛鍊速度、平衡力、敏捷度一類。有些其實與現代健體方法相類，例如臥虎功、跳蜈蚣功都類似俯臥撐，千斤閘、蛤蟆功都類似舉重，泅水術即游泳。有些為技擊技巧，例如空手入白刃。有些則較為不可思議，例如羅漢功是鍛鍊夜視能力、陽光手是以掌風擊滅油燈火焰等。

不像武俠小說中只要得到「秘笈」便會立即成為高手，

七十二藝（功）全部都需要通過長年累月每日反覆鍛鍊才
有成果，過程短則兩三年，長則十年以上。用今天的眼光
來看，當中有些鍛鍊方法匪而所思，例如名列第一的一指
金剛法的練法是配合運氣用手指反覆擊打硬物，每日練功
前後要用一種以川烏、草烏、南星、蛇牀等十六種中藥材
秘方煎煮而成的藥水浸泡手指。裴錫榮記載是：「洗泡手
時可先好將藥水盛於陶器內，置於爐上，加微火煎熱，水
微溫時將手先蒸後浸入，待感到燙手時取出。如此日日練
習不懈，再借藥水洗手長功之力，先由軟變硬，後由硬變
軟。」如此鍛鍊三年之後指力非比尋常。金恩忠在著作中
特別強調為免誤傷他人，修習者可選擇鍛鍊非慣用手的左
手食指。

或者有人會質疑七十二藝不過是大張其詞，不過裴錫榮引
述了中華人民共和國開國上將許世友（1906－1985）的回
憶來說明在少林寺習武如何刻苦。許世友出身貧寒，少年
時曾經賣身在少林寺做雜役，他說在該寺要「三年貼牆」
和「三年吊臂」，即在嵌在牆上的木樁和雙手吊在梁上睡
覺，又要打沙袋、插豌豆、插沙來練指力。時移世易，即
使今天免費給人傳授七十二藝的「不傳之秘」，大概也沒
有幾個人有意成為武林高手了。

第三章
藏傳密宗與番僧

保定帝素知大輪明王鳩摩智是吐蕃國的護國法王，但只聽說他具大智慧，精通佛法，每隔五年，開壇講經說法，西域天竺各地的高僧大德，雲集大雪山大輪寺，執經問難，研討內典，聞法既畢，無不歡喜讚歎而去。

《天龍八部》第十回〈劍氣碧煙橫〉

霍都王子朗聲說道：「這位是在下的師尊，蒙古聖僧，人人尊稱金輪國師，當今大蒙古國皇后封為第一護國大師。」這幾句話說得甚是響亮。眾人聽了，愕然相顧，均想：「我們在這裏商議抵禦蒙古南侵，卻怎地來了個蒙古的甚麼護國大師？」

《神鵰俠侶》第十二回〈英雄大宴〉

元明清以來文獻常見到稱為「西番僧」或「番僧」的人物，例如清初蒲松齡（1640－1715）小說《聊齋誌異》其中一篇名為〈番僧〉，故事開首說：「在青州見二番僧，像貌奇古，耳綴雙環，被黃布，鬚髮鬈如，自言從西域來。」歷

來又有詩文說：「番僧桃帽黃氍毹」、「桃帽番僧呵鬼去」、「黃帽番僧咒詰聲」。中原文人之所以要突出番僧的形象，顯然是因為這些僧人的裝扮行徑與漢地常見的佛教出家人不同。所謂「番」是中原人對邊境少數民族或外國人的稱呼，而番僧的「番」是專指吐番（土蕃），用今現在的話來說，番僧即藏傳佛教或來自藏區的僧人，也就是一般人叫的喇嘛。

金庸在小說主要寫過三個藏傳佛教僧人，按小說的歷史背景先後他們依次是鳩摩智、靈智上人和金輪國師。《天龍八部》中的鳩摩智是密教寧瑪派僧人，身穿黃色僧袍，年紀不到五十歲，不但精通佛法，而且修習「火焰刀」神功，是吐蕃的護國法王，每隔五年在大雪山大輪寺為西域和天竺各地僧人開壇講經說法，外號「大輪明王」。《射鵰英雄傳》中的靈智上人是青海手印宗的僧人，出場時是金國六王爺完顏洪烈手下五大高手之一，身披大紅袈裟，頭戴一頂金光燦然的尖頂僧帽，身材極之魁梧，擅長「五指秘刀」掌法和使用兩塊銅鈸作武器。《神鵰俠侶》中的金輪國師在早期版本中叫金輪法王，他被弟子稱為「蒙古聖僧」，是當時大蒙古國的「第一護國大師」，身披紅袍，極高極瘦，身形猶似竹桿一般的僧人，修習龍象般若功。金輪國大師弟子英年早逝，又嫌棄弟子達爾巴、霍都不成

才，於故事後段一心想收敵對的郭靖小女兒郭襄為徒。所謂明王、上人、法王都是藏傳佛教的術語，而日常身披紅色袈裟正是藏傳佛教僧人一般的形象。

在金庸筆下這三個藏傳佛教僧人恰好都是歹角，其中鳩摩智和金輪國師更是故事的主要反派，兩人處事都是陰險狡詐、不擇手段，形象不佳。於金庸創作這些故事的 1950 至 1960 年代，社會上尚未有避免文化偏見和歧視的意識，他大概也沒想過書中的角色設定於幾十年後會惹來非議，結果於千禧年代出版的新修版中，金庸不但把金輪法王改名金輪國師，又把他的身份從西藏喇嘛教法王改為蒙古聖僧，更專門於他出場的第十三回〈武林盟主〉最後自註說：

> 本書初版之中，金輪國師作金輪「法王」，其身份為西藏喇嘛教法王，有讀者指摘作者歧視西藏密宗，常將喇嘛派為反面角色。其實作者對藏傳密教同樣尊崇，與尊敬佛教之其他宗派無異，亦決不歧視西藏、青海、四川、甘肅、雲南、內蒙等地的藏族同胞。作者曾受藏傳佛教上師寧布切加持，授以淨意、清淨、辟邪咒語，熟讀後能隨口唸誦，作者客廳中現懸有藏胞從西藏帶出之大幅蓮花生上師顯聖唐卡織毯。

可是即使經過這樣改動，金輪國師雖然不再是藏人，但卻依然是藏傳密宗的僧人。説到底金庸這樣創作人物，只是承襲了明清以來漢人對藏傳密宗和其修行者的刻板印象。

第一節　密宗

目前，一般把佛教宗派按地理劃分為南傳、漢傳和藏傳佛教三大主流。藏傳佛教廣義來説指藏區流傳的佛教，但狹義來講就是專指在藏區起源和流行的藏傳密宗。一般人想瞭解甚麼是密宗並不容易。首先，認識密宗即會接觸到雜密、純密、唐密、藏密、東密、台密、喇嘛教、三密、本尊等一大堆與名詞和術語，單是這些名目就先使人感到迷糊。其次，密宗本質上強調傳承和修行都有不可公開的秘密，身為外人難以看穿它重重神秘的面紗。

密宗又稱密教，所謂「密」的意思即秘密，故此又稱為秘密宗，是古印度笈多王朝（319－550）時期新興的佛教宗派，它以自己宗派修行方法的特點而自稱為密宗或密教，而把其他佛教宗派稱為顯宗或顯教。歷史上密宗從古印度傳入中國漢地、藏區、西南等地，各有傳承，後人分別命名為唐密、藏密、滇密。西南地方的滇密於歷史上已經消

亡。唐密也在發源地中國失傳，但於唐代中期流傳到日本，發展為東密（真言密教、真言宗）和台密（天台密教）兩支。藏密是目前佛教密宗的主流，其下可分為寧瑪派（紅教）、噶舉派（白教）、薩迦派（花教）、格魯派（黃教）等等派別。除了在藏族外，蒙古族、裕固族、普米族、珞巴族等民族都主要信奉藏傳密教。此外，藏傳密教也傳播到喜馬拉雅山脈南麓的尼泊爾、不丹和錫金等地。喇嘛是藏語音譯，意思是上師，也作為對藏傳密教僧人的尊稱。因為藏傳密教特別尊崇喇嘛，所以昔日漢語習慣把藏傳密教稱為喇嘛教，並不是一個準確的稱呼。

具體來講，佛教密宗其實是由幾個不同系統的密法組成。

佛教最初的密法是融攝自古印度主要宗教婆羅門教。婆羅門教流行唸誦咒語來祈福禳災，當婆羅門教徒改為歸信佛教時，難免積習難改，佛陀也就順俗接納了這個傳統，讓僧伽以一些咒語作為守護、消災、治毒等等的手段，例如《雜阿含經》記述佛陀因為有比丘被蛇咬，所以指示「以慈心遍滿四類蛇王族者，為自守、自護而許誦自護咒」。其後佛教逐漸形成了持咒的傳統，於佛陀入滅後約三百年，上座部中的犢子部在彙編經典時，除了結集了經、律、論「三藏」外，就特別將明咒結集成「明咒藏」。至

今南傳佛教巴利文經典亦有用作消災祈福的「防護藏」。不過，這些咒語與佛教教義並沒有直接的關係。後人就把這些密法稱之為雜部密教（雜密），所謂「雜」是相對於「純」而言，大意是指這些法門是零碎的片段，並沒有一個系統。

相對於雜密，純正密教（純密）的密法與佛教教義有關聯，並具備獨立和完整的思想體系。純密是在印度大乘佛教發展晚期中產生。大乘佛教提出佛具有「三種身」，即應身（變化身）、報身（受用身）和法身（自性身）。在我們身處的娑婆世界的釋迦牟尼佛是佛的應身，是佛為了教化眾生的需要而顯現之身，而毘盧遮那佛則是佛的法身，相當於常住不變的真如妙理。梵語中毘盧遮那的意思是光明遍照、大日遍照、廣博嚴淨，毘盧遮那佛意譯即大日如來或大日覺王。純密認為佛以法身大日如來所說的「胎藏界」和「金剛界」才是最上乘的修行法門。「胎藏界」以《大日經》為根據，說眾生本來具有的如來清淨理性猶如胎兒懷在母胎內，而「金剛界」則以《金剛頂經》為根據，說如來的智德不為一切外物所損壞。

純密的密法已經不只持咒，更強調觀想佛和菩薩的相貌，以達身、口、意三業與所觀想的佛和菩薩打成一片，而具

體的手段即手結契印（身密）、口誦真言（口密）、心觀本尊（意密）「三密相應」的修習。以此為基礎，密教形成了獨特的供養、持誦和觀想儀軌，當中對壇場和法器的樣式都十分講究。純密強調自己的教法在傳授和修行上有不許公開的秘密，相對來說其教宗派的教法為了度化眾生，屬於方便、顯淺、易明的法門，故此將它們稱為顯宗或顯教。雖然「密」和「顯」是一組相對的概念，但密教和顯教兩者並非互相排斥。

唐開元年間（713－741），善無畏（Śubhakarasiṃha, 637－735）、金剛智（Vajrabodhi, 669－741）和不空（Amoghavajra, 705－774）三位天竺僧人先後來華弘揚密法，開創了中國漢地的密宗，史稱他們為「開元三大士」。善無畏和金剛智分別從天竺帶來和譯出《大日經》和《金剛頂經》，而師承金剛智的不空將之發揚光大，並先後得到唐玄宗、肅宗、代宗三代君主的禮重，這使密教得以成為漢傳佛教史中大乘佛教八大宗派之一。可惜的是於唐武宗進行「會昌毀佛」以後，這支密宗在漢地的傳承斷絕，惟獨部分儀軌在其他宗派以至其他宗教中隱密傳承下來。不過「開元三大士」開創的唐密卻意外流傳到日本。唐貞元二十年（日本延曆二十三年，804 年）日本僧人空海（774－835）和最澄（767－822）同時入唐朝學

法，回國後空海在東寺（今京都市境內）及高野山（今和歌山縣境內）金剛峰寺立教，其派世稱「東密」，而最澄結合密宗和天台宗思想在比叡山（今京都市、滋賀縣境內）立教，其派世稱台密。東密和台密在日本從平安時代一直流傳至今。

藏密是印度密宗直接傳入藏區後形成。北印度烏仗那國（今巴基斯坦境內）僧人蓮花生被各派公認為「藏密」的始祖。蓮花生（Padmasambhava）是一位擅長各種神通的密教大師，他應吐蕃贊普赤松德贊（742－797）邀請入藏，最終通過降魔、建寺、傳法、譯經開創了寧瑪派（紅教）。可惜的是幾十年後，吐蕃最後一位贊普朗達瑪（799－842）在位時卻全力摧毀佛教，使佛教信仰在藏區幾乎斷絕近二百年。直到十一世紀，孟加拉僧人阿底峽（Atiśa, 982－1054）入藏弘法開創了噶當派，又同一時代藏人瑪爾巴（1012－1097）和貢卻傑波（1034－1102）分別開創了噶舉派（白教）和薩迦派（花教），使密宗在藏區得到復興。到了十四至十五世

十四世紀藏傳密教銅鑄蓮花生像。蓮花生是藏傳密教的開山祖師。（圖片來源：The Metropolitan Museum of Art）

紀之交，宗喀巴（1357－1419）開創了集各派大成的格魯派（黃教）。目前藏密各派中以格魯派（黃教）最為流行。

第二節　藏密特點

藏密作為密宗的一個分支，強調密法需要由有正見和合資格的上師傳授和指導，才能夠按規矩如法修持，這個傳授過程名為「灌頂」。換而言之，藏密法門絕對不可能無師自通。因此之故，藏密特別尊崇上師，俗人歸信時除了要歸依佛、法、僧三寶，也要歸依上師。如前所述，喇嘛一詞就是藏語上師的意思，至於另一個經常聽到的稱呼仁波切（或音譯作寧波車）在藏語中是珍寶的意思，屬於對上師的尊稱。

藏密基於青藏高原的地理和風俗，在多方面都與南傳佛教和漢傳佛教有很大分別。佛陀規定修行者應出家、穿袈裟和乞食，但除了格魯派（黃教）外，藏密其他派別並沒有出家修行的嚴格規定，故此法脈有一些是師徒相續，有一些是父子相傳。其中薩迦派（花教）法王之位就是在古老的昆氏家族中世代傳承，該派第五任法王、元世祖忽必烈（1215－1294）禮重的國師八思巴（1235－1280），即是該派創始人貢卻傑波的玄孫，至 2022 年此職已經傳至

第四十三任。後來，噶舉派（白教）中的噶瑪噶舉派出現
「活佛」轉生之說，首先形成了大寶法王噶瑪巴的傳承系
統，後來這個信仰傳統得到格魯派（黃教）的發揚，日後
奠立了達賴喇嘛、班禪額爾德尼、哲布尊丹巴、章嘉呼圖
克圖四個重要傳承系統。格魯派（黃教）創始人宗喀巴的
弟子根敦朱巴（1391－1474）和克主杰（1385－1438），
就分別被追尊為第一世達賴喇嘛和班禪額爾德尼。此說認
為修行者雖然以超脫輪迴為目的，但為了救渡眾生的使
命，在死後選擇重新轉生到人間來引導眾生。梵語中以
「化身」來形容這些轉生修行者，藏語中稱作「祖古」，
蒙古語則稱作「呼畢勒罕」，又有「呼圖克圖」的尊稱。
明清時期漢語中已經習慣把藏傳密教的轉生修行者稱為活
佛或法王，惟這兩個詞都沒有準確對應它們在藏密信仰文
化中的原意。

在活佛圓寂後尋找他的「轉世靈童」是一項神聖和嚴謹的
工作。活佛的弟子和其所屬寺院的高階僧侶會以活佛生前
的預示和遺囑作為線索，並通過占卜、降神、觀湖等方式
確認「靈童」出生地的方向。其中觀湖是指在西藏加查縣
的高山淡水湖拉姆拉錯觀看神示。僧侶會將找到的「靈
童」帶到寺院中，以觀察和測試作最終認證，之後「靈童」
才被正式承認是活佛的轉生。其後「靈童」會開始接受宗

教學習和訓練，直到長大後經過「坐牀」儀式才正式繼任
為活佛。

藏密把經典和修行次第分為事部、行部、瑜伽部和無上瑜
伽部，稱為四部或四續。事部相當於雜密，行部相當於純
密的「胎藏界」，瑜伽部相當於純密的「金剛界」，至於
無上瑜伽部是藏密獨有的修持手段，也是藏密最秘密和最
難說明的地方。無上瑜伽部應是十一世紀藏密復興時從印
度引入，當中有從「生起次第」至「圓滿次第」的各個階
段，內容涉及雙身法，認為能夠從中達到「樂空不二」的
境界，即身成佛。這個修持方法從古至今在教義、理論、
實踐、現實各方面都充滿種種爭議。即使藏密內也有反對
修行真實雙身法的聲音，但仍會兼容觀想「雙身佛像（觀
喜佛）」作為替代的修行方式。無上瑜伽部表面上與佛教
戒律存在著根本矛盾，且當中一些內容亦與世俗的倫理和
文化標準不相符，因而歷來漢傳佛教不少高僧甚至會直斥
藏密為「左道」、「附佛外道」。

金庸武俠小說一貫把宗教修行等同於武功修行，在《神鵰
俠侶》中金輪國師強要收郭襄為徒來承繼他的衣缽。他先
教導郭襄禮拜藏密祖師蓮花生，然後就說要指導郭襄「修
報身佛金剛薩埵所說的瑜伽密乘，修成之後，再修法身佛

普賢菩薩所説的大瑜伽密乘、無比瑜伽密乘，一直到最後
的無上瑜伽密乘」。於是郭襄就問金輪國師有關「無上瑜
伽密乘」要修行多少時間，金輪國師即慨歎自己就是沒有
修成「無上瑜伽密乘」才修習龍象般若功，而若果一早修
成了「無上瑜伽密乘」得到開悟，還怎會有與楊過和小龍
女決一勝負的鬥心。從這段故事情節所見，金庸有關藏密
修行次第的描述有一定的根據。

第三節　番僧

藏密與藏區的風土人情高度結合，理應與漢地和漢人互不
交集。歷史上漢人之所以對藏密有所接觸和認識，是與蒙
古人所建立元朝近百年的統治有關。吐蕃在贊普朗達瑪死
後陷入四分五裂，九至十三世紀被稱為吐蕃分裂時期，金
庸在《天龍八部》中寫鳩摩智是吐蕃國師，明顯遍離歷史
事實。至於鳩摩智的名稱很可能參考了南北朝時從西域龜
茲來華的高僧鳩摩羅什（344－413），他被譽為漢傳佛教
史上四大翻譯家之一，背景和形象與鳩摩智毫不關連。
相反，《神鵰俠侶》寫金輪國師備受忽必烈和王公貴族尊
崇，在真實歷史上卻有一個身份十分相似的人物。這個人
物對結束藏區政治分裂和推動藏密的發展有很大影響，他
就是元世祖忽必烈的帝師藏密薩迦派第五任法王八思巴。

八思巴成為蒙古大汗帝師可以説是時勢使然。蒙古大汗窩
闊台（1186－1241）於 1235 年把原本西夏的領土劃歸幼
子闊端（1206－1251）管理。闊端駐紮於涼州（今甘肅
武威）之後，即意圖征服西南方的藏區，不斷向當地派出
部隊。不過，闊端很快認識到青藏高原自然環境惡劣，且
地廣人稀，加上當時吐蕃正值分裂時期，政治上處於群龍
無首的局面，派出大軍征服藏區顯得不切實際，故此不久
就改為嘗試籠絡和招撫當地具影響力的領袖。最終在藏區
內能夠與闊端達成共識的人是薩迦派的第四任法王薩迦．
班智達（1182－1251）。薩迦．班智達於 1246 年應闊端
的邀請抵達涼州，次年就促成了藏區歸入大蒙古國的政治
版圖。

薩迦．班智達前往涼州的隨行人員中包括他的侄子八思巴
和恰那多吉兄弟。《元史》稱八思巴自小聰穎過人，到少
年時已經精通佛理，八思巴不是他的本名而是他的外號，
在藏語中意思是聖者。1251 年薩迦．班智達去世後，年
紀輕輕的八思巴不僅在宗教上接任薩迦派第五任法王，而
且在政治上成為維繫蒙藏關係穩定的關鍵人物。八思巴憑
着自己的才智和學識得到當時蒙古大汗蒙哥的弟弟忽必烈
的信任，並於 1253 年末為忽必烈傳授吉祥喜金剛灌頂，
成為了比自己年長約二十歲的忽必烈的上師。1260 年忽

必烈經過激烈的鬥爭後即位為蒙古大汗，改元中統，同年 12 月即封自己的宗教導師八思巴為國師，統領天下佛教，這時八思巴才不過二十六歲。

八思巴憑着國師的身份和地位達成不少成就。在宗教方面，他為眾多后妃、王子、王公貴族灌頂，主持大量國家或皇室法事，使藏密從忽必烈的個人信仰轉化整個蒙元皇室，以至蒙古人和元朝的國家信仰。八思巴不僅是忽必烈的宗教導師，同時也是他的政治顧問，他參與了國家政治和文化方面大小事務，尤其重要的是治理藏區，以及創製了新的蒙古文字，即世稱八思巴字。忽必烈給予八思巴極大的榮寵，元至元七年（1270）晉封他為帝師，將藏區十三萬戶賜給他作為供養，又讓八思巴弟弟恰那多吉迎娶了闊端女兒，並授予白蘭王的爵位。

八思巴樹立了薩迦派在元朝政治上的權威和勢力。薩迦派從八思巴起到元代覆亡不但一直擔任「帝師」，而且以兼任總制院（後改稱宣政院）院使的形式，成為藏區的實際統治者。宣政院的官員僧俗並用，藏區的管治事實上是以「帝師」為首的政教合一制度。一些學者會把藏區這段時期稱為薩迦巴政權。明宋濂（1310－1381）主編的《元史》〈釋老傳〉形容「帝師」的政治影響力說：

元興，崇尚釋氏，而帝師之盛，尤不可與古昔同語。……百年之間，朝廷所以敬禮而尊信之者，無所不用其至。雖帝后妃主，皆因受戒而為之膜拜。正衙朝會，百官班列，而帝師亦或專席於坐隅。且每帝即位之始，降詔褒護，必敕章佩監絡珠為字以賜，蓋其重之如此。

簡單來說，「帝師」在元朝的政治地位是「一人之下，萬人之上」，甚至乎可以說是「一人之上」。

當時人深深明白元代皇帝對「帝師」如此信任和倚重，除了表面上的宗教因素外，其背後牽涉蒙元朝廷對藏地採取「以番治番」的政策。〈釋老傳〉又說：「元起朔方，固已崇尚釋教。及得西域，世祖以其地廣而險遠，民獷而好鬥，思有以因其俗而柔其人，乃郡縣土番之地，設官分職，而領之於帝師。」蒙古人固然對藏區採用「因其俗而柔其人」的政策可以被看作一種妥協，但當時不少人認同這是朝廷羈縻藏區最經濟實惠的方法，甚至於元明鼎革之後，明朝對藏區仍然沿用這個政策，只不過籠絡的對象從薩迦派法王改為信奉噶舉派的帕木竹巴家族。為此，明代官員陸容（1436－1494）在《菽園雜記》說：「蓋以馭夷之機在此，故供給雖云過侈，然不煩兵甲芻糧之費，而陰屈群醜，所得多矣。」

史傳記載，蒙古皇室和貴族不但相信藏密是個人生命的解脫之道，也相信在元朝大軍消滅南宋一統天下的過程中，藏密僧人的神異作出了貢獻，而這方面必須提到八思巴的師弟膽巴（1230－1303）。八思巴於元至元六年（1269）向忽必烈推薦了膽巴。膽巴致力在朝廷傳播摩訶葛剌信仰。所謂摩訶葛剌是古印度婆羅門教三大主神之一濕婆的化身大黑天（Mahākāla）梵語的音譯，佛教以大黑天是護持佛法的神明，在藏密修行中尤其得到重視。膽巴經常為蒙元朝廷向大黑天祈求軍隊的勝利。僧人念常於元至正元年（1341）成書的《佛祖歷代通載》就記載：

> 初天兵南下，襄城居民禱真武，降筆云：「有大黑神，領兵西北方來，吾亦當避。」於是列城望風款附，兵不血刃。至於破常州，多見黑神出入其家，民罔知故，實乃摩訶葛剌神也。此云大黑，蓋師祖父七世事神甚謹，隨禱而應，此助國之驗也。

在忽必烈發動的滅宋戰爭中，襄陽堅守了六年後於元至元十年（1273）才開城投降，使蒙元軍隊終於突破了南宋以長江為天險的防線，而蒙元軍隊於至元十二年（1275）攻陷常州（今江蘇常州）後，得以直指南宋首都臨安（今浙江杭州）。據《佛祖歷代通載》的說法，蒙元在這兩場關

十五世紀藏傳密教大黑天像。圖中大黑天三目獠牙，右手拿刀，左手托着一個骷髏碗，身上掛上不少骷髏和人頭，腳踏屍體。（圖片來源：The Metropolitan Museum of Art）

鍵戰役得以勝利，全賴膽巴的祈禱和大黑天的威靈，在攻打襄陽時，道教護法神將真武真君也被逼避走他方。《神鵰俠侶》也有寫蒙宋襄陽之戰，其中精通十層「龍象般若功」的金輪國師無功身亡，小說角色反而遠不如真實歷史中的膽巴那麼神異。

在以「帝師」為首形成的政治保護傘下，元代藏密僧人擁有很多特權，即使犯法也會輕易獲得皇帝赦免，結果部分人變得恣意妄為，甚至公然違法，完全肆無忌憚。《元史》〈釋老傳〉就指摘藏密僧人說：「為其徒者，怙勢恣睢，日新月盛，氣焰熏灼，延于四方，為害不可勝言。」以驛站制度為例，在朝廷和八思巴合作下漢地和藏區之間建立了完善的驛站系統，以方便政令傳達來加強管治，但藏密僧人卻以特權濫用來營私謀利，這不但使驛站的接待能力超出負荷，影響了它原有的政治和軍事功能，更連帶騷擾了沿途百姓。泰定二年（1325）西台御史李昌上奏指：「嘗經平涼府、靜、會、定西等州，見西番僧佩金字圓符，絡

繹道途，馳騎累百，傳舍至不能容，則假館民舍，因迫逐
男子，奸污女婦。」更甚者〈釋老傳〉記錄了藏密僧人即
使毆打王族和官員，但指控到最後同樣不了了之。這些狀
況使藏密僧人普遍在漢人心中留下了極其不良的印象。

在漢人心目中惡行最昭彰的元代藏密僧人，莫過於元初的
楊璉真加和元末的伽璘真。楊璉真加是八思巴的弟子，忽
必烈於平定江南後任命他為江南釋教總統。楊璉真加的職
位名義上是管理當地佛教，但在丞相桑哥（？－1291）包
庇下，其中一項實質工作是開挖南宋皇室和大臣的陵墓掠
奪金銀財寶。在開挖宋帝陵墓期間，楊璉真加見宋理宗趙
昀（1205－1264）屍身保存完好，就截取了他的頭蓋骨
鑲銀塗漆製成灌頂儀式用的法器骷髏碗（藏語音譯嘎巴拉
碗）。日後明太祖朱元璋從文臣危素（1303－1372）聽聞
此事，還專門派人向藏僧索還此碗作為宋理宗遺骨重新安
葬。楊璉真加又用厭勝術，毀壞南宋帝后的遺骨並通通埋
在寺塔之下。伽璘真是中書左丞相哈麻（？－1356）向元
順帝妥懽貼睦爾（1320－1370）推薦的「西番僧」，他誘
導順帝修煉「大喜樂禪定」，結果順帝沉迷此道，「日從
事於其法，廣取女婦，惟淫戲是樂」。又以十六名宮女編
排極為蠱媚的「十六天魔舞」。後來漢人認為這類荒唐之
事正是元順帝怠政失國的原因之一，並歸咎宮廷的歪風最

終流入民間。明代文人田藝蘅（1524－1591）在《留青日札》即說：「帝習之，名雙修法，又有運氣術，名演揲兒法。華言大喜樂，皆房中術也。號所處室曰皆即兀該，華言事事無礙也。今之夫婦雙修法禍起于此。」

藏密信仰和其修行方式，始終與漢人日常所見所聞的漢傳佛教大相逕庭。元朝滅亡後，漢人主要從文獻或遺蹟中認識藏密信仰，加上在蒙古統治下幾代人對藏密僧人「惡行」的記憶，結果對藏密和其修行者形成了刻板印象。例如《金瓶梅》寫李瓶兒去世後西門慶請僧道為她「做七」，其中「四七」時請的就是番僧，十六名喇嘛：「結壇跳沙，灑花米行香，口誦真言。」「齋供都用牛乳茶酪之類，懸掛都是九醜天魔變相，身披纓絡琉璃，項掛髑髏，口咬嬰兒，坐跨妖魅，腰纏蛇螭，或四頭八臂，或手執戈戟，朱髮藍面，醜惡莫比。午齋已後，就動葷酒。」整段描寫突出了藏密尊像、壇場佈置、僧人戒律和儀式與漢傳佛教的不同。又清代乾嘉學派代表人物錢大昕（1728－1804）遊覽杭州寶成寺時，見到元代開鑿大黑天造像時寫過一首詩，其中提到：「云何番僧作變相，卻塑魔王喚菩薩。」「纍纍髑髏懸胸前，吮血磨牙澹生活。」「旁觀縮舌增怖恐，錯認鬼母劫兒鉢。」在文人筆下藏密造像就是魔王、骷髏、朱髮藍面等恐怖形象，藏密僧人的作為一般人自然也難以理解。

第四章
妙香佛國與大理段氏

> 段譽出身於佛國，自幼跟隨高僧研習佛法，於佛經義理頗有會心，只是大理國佛法自南方傳來，屬小乘部派佛法，另一部分大乘佛法則自吐蕃國傳來，屬密宗，與少林寺的禪宗一派頗有不同。

《天龍八部》第四十三回〈王霸雄圖 血海深恨 盡歸塵土〉

> 我神聖文武帝七傳而至秉義帝，他做了四年皇帝，出家為僧，把皇位傳給姪兒聖德帝。後來聖德帝、興宗孝德帝、保定帝、憲宗宣仁帝、我的父皇景宗正康帝，都避位出家為僧。自太祖到我，十八代皇帝之中，倒有七人出家。

《射鵰英雄傳》第三十回〈一燈大師〉

小說家總喜歡用邊陲作為故事題材。一般人眼中邊陲的風土人情，都是奇風異俗，對於作家來說用來寫故事既容易著墨，也能夠充分引起讀者的興趣。金庸武俠小說也不例外。他的第一部武俠小說《書劍恩仇錄》，其中一條主線

寫清政府與西北回部的鬥爭，而兩個女角「翠羽黃衫」霍青桐和「香香公主」喀絲麗姐妹是回部首領木卓倫的女兒。到他的第一部長篇《射鵰英雄傳》，故事寫主角郭靖在漠北蒙古長大並成為「金刀駙馬」。到了最後一部作品《鹿鼎記》其中一回，甚至把故事場景從邊陲關外一直延伸到異域羅剎國。

不過若果要數金庸作品出現最多的邊陲地方，應該是位於今日中國西南部的大理國。金庸從 1957 年至 1963 年斷斷續續發表了《射鵰》三部曲，然後緊接着發表了《天龍八部》。雖然《天龍八部》與《射鵰》三部曲的故事主線並不關連，但它寫的人物、門派、武功卻與三部曲有着千絲萬縷的關係，故此可以算作三部曲的「前傳」。大理段氏就同時在這四部長篇作品出現。所謂大理段氏即大理國的皇族。《天龍八部》三名主角之一段譽是大理國王子，故事最後交待他日後登基為帝。段譽的孫兒是《射鵰英雄傳》和《神鵰俠侶》中重要配角，「天下五絕」之一的「南帝」、俗名段智興的一燈大師。《倚天屠龍記》中雖然沒有段氏人物登場，但故事中反派朱長齡是段智興四大弟子「漁樵耕讀」中朱子柳的後人，仍然使用段氏所傳的武功。

故事中，大理段氏的特色除了絕學武功一陽指和六脈神

劍，還有信仰佛教。金庸在《天龍八部》説大理國是一個佛教國家，首都大理城內外大寺數十，小寺則數以百計。皇室段氏深信佛法，段譽初遇少女鍾靈時，就向她説自己小時候就受了佛戒，父親段正淳除了安排老師教自己學四書五經、詩詞歌賦，也請了一名高僧教自己學佛經。故事開頭段譽之所以要離家出走，是因為認為父親逼他練武違背佛理。段譽是一個書獃子，久不久就談起佛經，説話中引用過《雜阿含經》、《阿毘達磨俱舍論》、《續高僧傳》等等，例如他遇到無量劍派時便引用《俱舍論》向人解釋何為「無量有四」。大理皇帝有避位為僧的傳統，《天龍八部》最後保定帝段正明就在天龍寺出家為僧，然後傳位予段譽。至於《射鵰英雄傳》中段智興則於一出場已經退位出家，後來武林給他的外號也從「南帝」改為「南僧」。

金庸寫大理國佛教和皇室的情節是有一定的歷史根據。雲南大理於古代被譽為「妙香佛國」，統治前大理國（937－1094）及後大理國（1096－1254）的皇室段氏虔信佛教，二十二個皇帝中先後有十個避位為僧，在世界歷史上其他以佛教為國教的政權也少有這種情況。金庸小説中四個大理段氏的主要人物，原型即真實歷史上的保定帝段正明（1081－1094在位）、中宗段正淳（1096－1108在位）、憲宗段和譽（1108－1147在位）和宣宗段智興（1172－

1200 在位），他們四人都選擇避位為僧。大理國皇室對佛教的虔信，與當地佛教信仰的特色有着相當密切的關係。

第一節　佛教齊魯

自古以來，雲南的地理條件孕育了它獨特的歷史文化。雲南西北部是青藏高原，東南部是雲貴高原，從西至東獨龍江、怒江、瀾滄江、紅河、南盤江、金沙江等大江併流其間，使境內高山、大江、河谷、盆地、湖泊等相間分佈。地形險阻，交通不便，加上位處西南邊陲，接壤東南亞，造就了當地形成和匯聚不同民族文化的條件。據官方統計世居雲南的少數民族有二十五個，是中國少數民族最多的省份，當中十五個民族是雲南特有民族。少數民族佔雲南人口總數約三分之一，當中彝族、哈尼族、白族、傣族、壯族、苗族人口都超過百萬，而目前雲南十六個地級行政區中的一半是民族自治州。

雲南歷史上出現多個少數民族建立的政權，正與這地方的地理和民族特點有關。戰國至西漢期間，以省內最大的淡水湖滇池為中心形成了滇國，至今考古出土該國以牛、虎、豹、蛇等動物形象為主的青銅器，造型奇詭，反映了滇國與中原文化的不同。雖然當地於漢朝瓦解滇國後，開

始建立郡縣，但漢人政權對少數民族的實質管治始終有限。到了唐代，烏蠻（今彝族前身）就形成了蒙巂詔、越析詔、浪穹詔、邆睒詔、施浪詔、蒙舍詔六詔，「詔」的意思是王，其中蒙舍詔地處六詔最南，故此又稱為南詔。唐開元年間（713－741），唐朝在外交大戰略上為了抗衡吐蕃，支持南詔統一六詔。南詔以省內第二大淡水湖洱海為中心，全盛時期統治範圍超越今日雲南全境。可是後來南詔反而與唐朝交惡，雙方於 750 至 870 年間進行了三次戰爭，導致彼此國力日衰。

南詔皇權旁落，最終於唐末天復二年（902）為權臣鄭買嗣（861－909）篡奪，建立大長和國，可是政局不穩，之後再經歷了大天興和大義寧兩個短暫政權，直到中原五代末年的 937 年，南詔武將家族出身的段思平（894－944）建立了穩定的大理政權。有關段氏的民族源流一直沒有定論，但普遍認為大理是白蠻（今白族前身）為主建立的政權。大理政權經歷二十二個皇帝共三百多年後，於 1250 年代初為大蒙古國所滅，但之後段氏仍然獲委任為大理總管，繼續以世襲方式管治雲南，直至明洪武十四年（1381）為明朝名將沐英（1345－1392）打敗為止。

相對於連年征戰的南詔國，大國理政治和社會發展可以說

比較平穩，且對外與宋朝一直保持友好的關係。而在漢人眼中，當地的昇平或多或少與該國上下受到佛法薰陶有關。即使於大理國覆亡後，當地佛教信仰仍然為漢人官員留下很深印象。元代文人郭松年在遊記〈大理行記〉說：

> 然而此邦之人，西去天竺為近，其俗多尚浮屠法，家無貧富皆有佛堂，人不以老壯，手不釋數珠。一歲之間齋戒幾半，絕不茹葷飲酒，至齋畢乃已。沿山寺宇極多，不可殫記。……凡諸寺宇皆有「得道」居之。「得道」者，非「師僧」之比也。「師僧」有妻子，然往往讀儒書，段氏而上，有國家者，設科選士，皆出此輩，今則不爾。其得道者，戒行精嚴，日中一食，所誦經律一如中國，所居灑掃清潔，雲煙靜境，花不禪房，水循堂廚，至其處者，使人名利之心俱盡。

又官員李京把自己於元大德年間（1297－1307）任職烏撒烏蒙宣慰司（今雲南西部及緬甸北部）時的見聞寫成《雲南志略》，其中提到白人時說：

> 佛教甚盛。戒律精嚴者名「得道」，俗甚重之。有家室者名「師僧」，教童子，多讀佛書，少知六經者，段氏而上，選官置吏皆出此。民俗家無貧富，皆有佛堂，旦夕擊鼓恭參禮，少長手不釋念珠。一歲之中，齋戒幾半。諸種蠻夷剛嗜殺，骨肉之間一言不合，則白刃相劘，不知事神佛，若梟獍然。

> 惟白人事佛甚謹，故殺心差少。由是言之，佛法之設，其於
> 異俗亦自有益。

根據郭松年和李京的記述，因為白蠻人人信仰佛法，所以當地社會風俗淳厚，使他們的行徑與附近其他「野蠻」的少數民族大不相同。白蠻中既不乏出家持戒的「得道」，也有居家兼習釋儒的「師僧」。大理國時期「師僧」是國家任官選吏或開科設士的主要對象。當地佛教信仰一直盛行，直至清初江左三大家之一的吳偉業（1609－1672）在五言古詩《贈蒼雪》中仍以「洱水與蒼山，佛教之齊魯」來形容大理。

從明代起大理甚至興起了一種傳說，認為當地就是佛陀和他的弟子生活的天竺妙香佛國。明雲南右參政謝肇淛（1567－1624）在其所編的《滇略》中說：「世傳蒼洱之間，在天竺為妙香國，觀音大士數居其地。」清初文人陳鼎（十七世紀）在《滇黔遊記》中說：「大理府為天竺之妙香國。」這類傳說把西洱河附會為佛陀證悟成佛的地方，把點蒼山附會為佛陀演說《妙法蓮華經》的王舍城附近的靈鷲山，又把大理以東賓川的九曲山附會為十大弟子之首摩訶迦葉持着佛陀衣鉢入寂的雞足山。在佛教的大乘傳統中極為推崇具備自利、利他大願的菩薩，為人熟知的

有觀世音菩薩、大勢至菩薩、地藏菩薩、文殊菩薩、普賢菩薩等等。漢傳佛教把中國境內的名山看成菩薩弘法的聖地，其中以山西五台山為文殊菩薩道場，四川峨眉山為普賢菩薩道場，安徽九華山為地藏菩薩道場，以及浙江普陀山為觀音菩薩道場，並稱「四大名山」，是佛教徒朝聖的勝地。一些說法就把雞足山看作僅次四大名山的第五大名山。近代名僧釋虛雲（？－1959）曾經朝禮和重興雞足山，使該山聲名更為顯著。

大理以佛教建築崇聖寺三塔為地標，亦是當地佛教興盛的一個表現。在《天龍八部》故事中崇聖寺被稱為天龍寺，金庸說該寺是皇室段氏的家廟，大理皇帝和皇室成員避位時都在該寺出家，而當時該寺的方丈本因大師就是保帝定的叔父。金庸這個設定基本符合歷史事實，崇聖寺位於大理城西北，始建於南詔豐佑年間（824－859），是南詔和大理的皇家寺院，寺前矗立一大二小的三塔是它的標誌建築。三塔中正中間的大塔全名「法界通靈明道乘塔」，又別名千尋塔，與崇聖寺同時期建造，是一座十六層方形密簷式空心磚塔，塔心內有木梯盤旋而上，可以攀登至塔頂。古代把八尺稱為一尋，千尋是形容主塔之高。主塔後方兩座小塔建於大理國早期，相當於五代末五宋初期，與主塔排列成三角形，兩座同樣是十級八角形樓閣式磚塔，

塔身上有各式各樣的浮雕。佛教傳說水患是由龍引起，而大鵬金翅鳥（梵語音譯迦樓羅）則以龍為食，相傳三塔就是用來崇奉大鵬金翅鳥以鎮壓洱海的諸龍，為當地祈求消除水患、五穀豐登。1978 至 1981 年維修三塔時，在千尋塔就發現了一件銀鎏金嵌珠大鵬金翅鳥立像，印證了這個傳說。崇聖寺三塔倒影在潭水中是當地經典景觀。千年以來崇慶寺三塔經歷多次大地震依然屹立不倒，可說是奇蹟，使它完好代表了大理以至雲南的歷史文化，於 1961 年就被國務院列為第一批全國重點文物保護單位。

第二節　阿吒力教

歷史上大理佛教如此興盛，但有關佛教各宗派於何時及如何傳入雲南卻一直未有定論。由於雲南西南與緬甸接壤，故此著名歷史學者陳垣（1880－1971）在《明季滇黔佛教考》按常理認為：「（佛教）其始自西傳入，多屬密教，其自東傳入，遂廣有諸宗。」但他始終強調當地：「僧史缺略，文獻無徵。」現存有關當地佛教歷史的文獻最早成書於明代，不但年代較晚，且夾雜神話傳說，可以說不足為據。在文獻闕失的情況下，考古文物為這個問題提供了較為有用的線索。考古人員於崇慶寺三塔主塔維修時，在塔頂和塔基內發現了南詔至大理時期珍貴文物六百八十餘

件，當中的造像既有顯教，也有密教風格，此外更有獨特的阿嵯耶觀音像，顯示佛教各個宗派在大理國時期並存，或呈現獨特的複合形態。又例如 1956 年在大理鳳儀鎮北湯天村董氏宗祠發現一部於大理國保安八年（1052）抄寫的《護國司南抄》，該書是大長和安國六年（908）崇聖寺寺主玄鑑選註中原高僧良賁（717－777）《仁王護國般若波羅蜜多經疏》而成，由此可見中原佛教對大理佛教存在明顯的影響。

隨着當代學者對當地佛教歷史研究的深入，目前一般認為南詔國和大理國時期所流行的佛教宗派，最具影響力的是在該地區本土形成名為「阿吒力」的宗派。學者或習慣把這個別具特色的宗派為「阿吒力教」，或以它的信仰有明顯的密教成份稱為「滇密」，或以它是白族人的信仰而稱為「白密」。「阿吒力」一詞見於明代及以後的文獻，於新近發現大理國時期的手抄本題記中則作「阿左梨」，例如「國師灌頂大阿左梨」、「國師阿左梨」、「灌頂阿左梨」、「大阿左梨」等等，可以推斷「阿吒力」是「阿左梨」的異譯。目前學者一般認為「阿左梨」是梵語阿闍梨（Ācārya）的音譯，原意是軌範師、教授師，而在這個教派中則具體指有導師、上師身份的僧人。

文獻對阿吒力教的記述十分之少，故此學者對於它的的歷史和信仰性質沒有一致說法。在明清時期的雲南地方史志中，說阿吒力教的祖師是天竺摩揭陀國僧人贊陀崛多（Candragupta），他於南詔國保和年間（824－839）到雲南傳教並屢顯神異，文獻並往往記載世代相傳的阿吒力僧亦以精通法術聞名。按這些說法，阿吒力教屬於從天竺直接傳入雲南的佛教密法。然而，學者普遍認為阿吒力教從南詔國時期起的千多年歷史中，是在不斷發展和變化，一方面融攝了佛教顯密多個宗派和雲南少數民族信仰，另一方面在當地民族和社會扎根，其信仰內容難以一概而論。即使阿吒力教於大理國滅亡後失去了國教的地位，但它對當地社會仍具有相當大的影響，清康熙三十年（1691）時朝廷就指控阿吒力教「非釋非道，其術足以動眾，其說足以惑人」（清康熙《雲南通志》），明文禁止它傳播，惟之後阿吒力教仍然在白族中一直以民間信仰形式流傳至今。

阿嵯耶觀音信仰是阿吒力教最大特色之一。觀音是觀世音菩薩簡稱，在漢傳佛教以至華人宗教中被視為慈悲的象徵。按《妙法蓮華經》第二十五品〈普門品〉及《楞嚴經》卷六記載，觀世音菩薩為度化眾生隨機示現各種形相，觀世音字面上的意思便是觀察世間的聲音。漢地佛教的觀音

多為女相，常見的法相有楊柳觀音、水月觀音、千手千眼觀音、白衣觀音、送子觀音、魚籃觀音等等，信眾把她親切稱為觀音媽、觀音娘娘。阿嵯耶觀音是古代南詔和大理佛教獨有的觀音形相，男身女相，與漢地流行的觀音形相大不相同。阿嵯耶觀音傳世造像數量極少，其中從崇聖寺三塔主塔發現五尊，而最珍貴的是一尊銀背光金像。該像頭束高髻雙辮，身形纖細修長，上身袒露，下身着裙，右手結妙音天印，赤足，整體藝術風格與中南半島造像類似，有些人以其造型稱為「細腰觀音」。

十二世紀大理國鎏金青銅阿嵯耶觀音立像。阿嵯耶觀音頭束高髻雙辮，身形纖細修長，上身袒露，下身着裙，右手結妙音天印，赤足，與漢地觀音形象截然不同。（圖片來源：The Metropolitan Museum of Art）

有關阿嵯耶的意思，有人認為這詞不過是阿吒力另一個音譯，又有人認為是梵語「阿梨耶（Ārya）」和「阿縛盧枳低濕伐邏（Avalokiteśvara）」的音譯，前者的意思是聖、聖者，後者即觀世音，兩者合起來的意思是聖觀音、正觀音、真身觀音，即各種不同形相觀音的本尊、真身。阿嵯耶觀音在大理政治和宗教文化有特殊地位，根據《南詔圖傳》記載，阿嵯耶觀音七次化身為梵僧，既助佑烏

蠻蒙氏建立南詔國，又濟渡當地百姓，這些傳說在宗教信仰上為南詔國的王權提供了威權和正當性。即使後來白蠻段氏的大理國取代了烏蠻蒙氏的南詔國，但仍然維持了對阿嵯耶觀音信仰，目前傳世或發現的阿嵯耶觀音造像多數來自大理國時期。明代大理當地的進士李元陽（1497－1580）在他參與編修的《雲南通志》中就總括提到：「觀音七化，皆近蒼洱，西止雲龍，南止蒙舍，北止施浪，東止雞足。」即阿嵯耶觀音的靈迹以蒼山和洱海為中心，遍及於今日大理白族自治州轄下的雲龍縣、巍山縣（古代蒙舍詔）、洱源縣（古代施浪詔）和賓川縣雞足山。在政治和宗教互相影響下，阿嵯耶觀音信仰在南詔國和大理國時期十分流行，但從各個年代傳留的阿嵯耶觀音造像數目所見，這個信仰隨着大理國滅亡漸漸被人遺忘。

第三節　　天南瑰寶梵像卷

大理國時期最著名的文物亦與佛教有關。這件珍貴文物名為〈梵像卷〉，在清朝宮廷畫錄《秘殿珠林續篇》中稱作〈宋時大理國描工張勝溫畫梵像〉，目前是台北故宮博物院一件重要藏品。根據畫內榜題「利貞皇帝」和僧人釋妙光於大理國盛德五年（1180）的題跋，這幅畫作應是大理當地以張溫勝為首的畫師，為任內第一個年號為利

貞（1172－1175）的宣宗段智興所畫。段智興即《射鵰英雄傳》人物一燈大師的原型。這幅畫作估計一直在統治大理的段氏家族中流傳，直至明代開國平定雲南後流入中原。根據畫卷後的題跋所記，這幅作品最初為應天府（今江蘇南京）天界寺僧人德泰所得，其後輾轉流傳，到清乾隆年間（1735－1796）出現在清宮府庫。乾隆帝十分重視這幅畫卷，於乾隆二十八年（1763）親寫題記，讚揚該卷：「卷中諸像，相好莊嚴，傅色塗金，並極精彩。楮質復淳古堅緻，與金粟箋相埒。舊畫流傳若此，信可寶貴，不得以蠻徼描工所為而忽之。」並曾經命令宮廷畫家丁觀鵬（十八世紀）將內容臨摹為《蠻王禮佛圖》和《法界源流圖》。

學者綜合《梵像卷》的構圖和題跋，認為該卷最初是梵篋裝的冊頁，不晚於明洪武年間（1368－1398）首次被人改為長卷，到了明正統年間（1436－1449）又重新被人改回冊頁，又後來未知何時又再被人改為長卷。由於經過多次裝幀，所以普遍認為該卷的頁面有脫漏和次序顛倒的問題，最明顯的修改痕跡是尊像和人物的榜題位置不一，或沒有榜題，或榜題與本頁無關，十分混亂。乾隆帝在題記就直指這卷「裝池屢易，其錯簡固宜」。他為此諮詢了藏密第三世章嘉呼圖克圖（1717－1786）的意見，然後

命人將頁面調動和重新裝裱。可是章嘉呼圖克的意見是從藏密角度出發，不但未必恢復了畫卷的原意，甚至使頁面次序更加混亂。如何復原《梵像卷》的原貌，一直是發現這卷畫作後學者致力探討的問題。

現存《梵像卷》高三十四點四公分，引首、本幅和拖尾合共總長接近一千九百公分。引首是乾隆帝題記。本幅按主題可以分為四段畫面。第一段稱為「利貞皇帝禮佛圖」，畫利貞皇帝段智興、王子、文武官員、侍者與儀仗，當中利貞皇帝頭戴裝飾華麗的高大「頭囊」，右手手持一件蹲獅子鵲尾香爐。從這段畫面可見，當時大理國人的衣冠裝扮與中原有明顯的不同。第二段所佔篇幅最長，畫金剛繪像、如來降魔、青龍白虎、八大龍王、帝釋梵王、十六尊者、釋迦如來、諸祖師、維摩詰經變圖、南無釋迦牟尼佛會、藥師琉璃光佛會、栴檀佛、南無三會彌勒尊佛會、舍利寶塔、諸佛菩薩、觀音經變、諸天。第三段僅僅兩頁，分別為多心寶幢和護國寶幢。第四段畫大理國附近十六個小國國王。拖尾有釋妙光、宋濂（1310－1381）、洪武十一年（1378）釋宗泐、洪武十二年（1379）釋來復、永樂十一年（1413）曾英，以及天順三年（1459）佚名共六篇跋。

《梵像卷》不但內容豐富，且流傳過程明確，從公佈至今一直是研究大理國歷史和其佛教信仰。該卷於滿清滅亡後成為了故宮博物院藏品。1931 年底，熱衷研究佛教藝術的美國學者嘉頻（Hellen B. Chapin）在北平看到這一畫卷後，便被它豐富的佛教圖像所震撼，之後率先於 1936 年在《印度東方藝術學會期刊》（*Journal of the Indian Society of Oriental Art*）發表了〈佛教圖像長卷〉（"A Long Roll of Buddhist Images"）一文。1944 年 1 月，該卷在重慶中央圖書館展出時，身為雲南人的國民黨元老李根源（1879－1965）看後稱《梵像卷》為「天南瑰寶」，並創作了三十五首五言詩以為記。

《梵像卷》充分顯示了大理國時期佛教的特點。第一，畫卷主題是利興皇帝率領王子和文武官員禮佛，是段氏皇室虔信佛教的明證。第二，畫卷既有密宗，也有顯宗的

大理國張勝溫梵像卷（部分）。圖中描繪利貞皇帝段智興、王子、文武官員、侍者與儀仗。（圖片來源：台北故宮博物院）

大理國張勝溫梵像卷（部分）。圖中描繪「真身觀世音菩薩」。（圖片來源：台北故宮博物院）

圖象，其中在諸祖師部分，就接連繪畫了佛陀弟子摩訶迦葉和阿難，中土禪宗七祖達摩、慧可、僧璨、道信、弘忍、慧能、荷澤神會，大理禪宗祖師張惟忠、李賢者、純陀、法光、摩訶羅嵯，以及大理密教祖師贊陀崛多和姓名未詳的合共十六人，說明當地佛教融攝了密宗和顯宗。第三，畫卷共有十八頁描繪觀世音菩薩的不同法相，顯示觀音信仰在大理佛教受到的重視，其中「真身觀世音菩薩」應即阿嵯耶觀音。

雲南地處中國西南邊陲，擁有特殊的歷史、地理和文化環境，使它的民族和宗教狀況與中國腹地不同，其中滇西的大理於歷史上流行一種具有當地特色的佛教信仰，崇信男身女相的阿嵯耶觀音，但於大理國覆亡後這個特色隨著歲月消逝。於清咸豐六年（1856）至同治十一年（1872）杜文秀（1827－1872）領導的雲南回變期間，大理不少寺院被大肆破壞，滇西佛教一度衰落，直至經近代名僧釋虛雲和釋太虛（1890－1947）一番努力下才得以有恢興。在這個歷史背景下，原本要一窺古代大理佛教的面貌可以

說難上加難。幸而隨着近百年對大理佛教藝術、考古和田野調查工作的開展，千百年以前妙香佛國的真實面貌才得以重新為人認識。

金庸武俠小說一些情節雖然取材自大理國的歷史，但其實對當地的風俗和佛教信仰沒有太多深入的描述。有關人物在改編的影視作品中的打扮多數與中原角色無異，若果日後美術指導認真參考《梵像卷》為段譽和一燈大師設計人物造型，未知觀眾會有何反應呢？

第五章
真人與牛鼻子

一名僧人問道：「你便真是武當山的張……張真人麼？」張
三丰笑道：「貨真價實，不敢假冒！」

《倚天屠龍記》第十回〈百歲壽宴摧肝腸〉

周伯通連叫幾聲：「好！」但也已瞧出他以指頂盤是全真一
派的家數，問道：「你識得馬鈺、丘處機麼？」楊過道：「這
兩個牛鼻子我怎不認識？」

《神鵰俠侶》第十六回〈殺父深仇〉

在金庸武俠小說中全真派和武當派是武林上頂尖的門派，
他們的創派掌門王重陽和張三丰都是道士，兩人是他們時
代武學的顛峰，無人能敵。兩人的弟子全真七子和武當七
俠在江湖上儆惡懲奸，享負盛名，《射鵰英雄傳》主角郭
靖的內功是得全真七子之一馬鈺的啟蒙，而《倚天屠龍
記》主角張無忌是武當七俠之一張翠山的兒子，長大後直
接從師祖張三丰學得太極拳和太極劍。在門派和人物以

外，金庸寫的不少神功都有明顯的道教痕迹。《射鵰英雄傳》中「天下五絕」爭奪的秘笈《九陰真經》第一句「天之道損有餘而補不足」，即出自老子《道德經》。《天龍八部》中逍遙派絕學「北冥神功」能夠吸取他人內力，「北冥」二字典出莊子《南華經》的〈逍遙遊〉，是指體形「不知其幾千里」的巨魚「鯤」生活的北方大海。道教的信仰、歷史和人物為金庸的創作提供了豐富的題材。

道教是中華歷史和文化一個重要組成部分。中華傳統文化把儒、釋、道三大主流思想合稱「三教」，歷史上三者既是競爭對手，也互相影響。然而，上至帝王，下至士庶，大部分人普遍都不只尊崇一教，而是更推崇「三教合一」的理想。時至今日，道教在中國官方認可的五大宗教中不但佔一席位，且是它們之中唯一發源於中國本土的宗教。不過要一般人談談這個「土生土長」的宗教，卻往往說不出個所以然。由於道教信仰沒有明確的綱目，故此一般人不但不易有所認識，更何況有真切的理解。老莊思想、燒香拜神、寫符唸咒、修齋設醮哪一樣才算是道教呢？古人同樣被這個問題困擾。南朝時信奉佛教的劉勰（五世紀）在《滅惑論》中便批評道教：「案道家立法，厥品有三：上標老子，次述神仙，下襲張陵。」元代歷史學家馬端臨（1254－1323）在政書《文獻通考》的〈經籍志〉說：「道

家之術，雜而多端。」從局外人的角度來看，道教信仰給人的整體印象是內容十分駁雜，但其實從道教信仰者的角度來看，一切都不過是「道」的不同面向。

現今「道教」是對這個宗教的一個標準稱呼，但在古代文獻中道教也常被稱為道家、玄門或玄教。現今道家一詞往往專門指以春秋時期老子和戰國時期莊子兩個人物為中心的哲學思想，但古代這個詞也指道教信仰。《魏書》是首部設有獨立記述宗教篇章的正史，該書〈釋老志〉介紹道教時第一句即說：「道家之原，出於老子。」玄門和玄教的「玄」字是「道」的代名詞，是形容「道」的深遠奧妙，出自《道德經》第一章所說：「玄之又玄，眾妙之門。」唐代詔令多以玄門一詞指稱道教，例如《舊唐書》的〈高祖本紀〉說：「老氏垂化，本貴沖虛，養志無為，遺情物外。全真守一，是謂玄門。」〈懿宗本紀〉說：「尊崇釋教，至重玄門。」及至明代官方則多改用玄教一詞，例如洪武元年（1368）設立管理道教的中央行政機關名為「玄教院」，後來朝廷主持編纂的道教儀式用書就名為《大明玄教立成齋醮儀》和《大明御製玄教樂章》。

第一節　老子與《道德經》

顧名思義，道教是以「道」為核心思想的一個宗教，而「道」這個概念是由哲學家老子所提出。在歷史上老子與孔子生活於同一個時代，亦即公元前六世紀至前五世紀的春秋末期。老子是一個神秘人物，先秦文獻《列子》、《莊子》、《荀子》、《韓非子》等都有提到他的事蹟或說話，但對他的生平都沒有完整的記錄。現在有關老子生平的完整說法，一般都直接採用西漢太史公司馬遷《史記》的〈老子韓非列傳〉的記述。《史記》說老子姓李，名耳，字聃，是楚國苦縣厲鄉曲仁里人，在周朝擔任名為「守藏室之史」的官職。「守藏」的意思是收藏保管，守藏室是收藏保管王朝典章文物的地方。老子學問淵博，孔子就曾經專程拜訪老子請教「禮」的問題，事後他向弟子用「猶龍」來形容老子的學問，即其學識好像在風雲之間穿梭的飛龍一樣難以捉摸。〈老莊申韓列傳〉記載這件事說：

> 孔子適周，將問禮於老子。孔子去，謂弟子曰：「鳥，吾知其能飛；魚，吾知其能游；獸，吾知其能走。走者可以為罔，游者可以為綸，飛者可以為矰。至於龍，吾不能知其乘風雲而上天。吾今日見老子，其猶龍邪！」

其後老子見周室王政衰敗，決定辭官隱居，在離開中原途中經過一個關隘時遇到關令尹喜，應他所求寫下了「言道德之意」的「五千餘言」上下篇，最後「不知所終」。

老子這部五千多字的著述後人稱為《老子》或《道德經》。這部經典通行版本分為八十一章，上篇從第一章至第三十六章，以第一章第一句為「道可道」而稱為《道經》，下篇從第三十七章至第八十一章，以第三十七章第一句為「上德不德」而稱為《德經》，上下篇合稱為《道德經》。成語天長地久、上善若水、功成身退、和光同塵、大器晚成、被褐懷玉、知足不辱、天網恢恢、千里之行始於足下等都出自這部經典。老子獨特的思想於先秦時期已經為知識分子所重視，法家代表人物韓非（約公元前 281－前 233）的著作中就有〈解老〉和〈喻老〉兩篇，至於歷代的註本更是多不勝數，其中最重要的是西漢河上公和三國時期王弼（226－249）的註本。值得一提的是，唐玄宗李隆基（685－762）、宋徽宗趙佶

北宋晁補之《老子騎牛圖》。傳說老子是騎着青牛離開中原。（圖片來源：台北故宮博物院）

（1082－1135）、明太祖朱元璋（1328－1398）和清世祖
福臨（1638－1661）四位皇帝都曾經為這部經典作過註。

然而，自古以來有關老子的姓名、出生地、事跡及其著述
存在各種說法，莫衷一是。據說古時老、李兩字同音，耳
與聃兩字同義，故此文獻上叫老子、老聃、李耳的都是同
一人，但又有認為老子也可能是指名為太史儋或老萊子的
人物。老子的故鄉苦縣原屬楚國所滅的陳國，故此其位置
與一般人熟知長江流域的楚地相距甚遠，一說位於今河南
鹿邑境內，一說位於今安徽亳州境內。老子離開中原時經
過的關隘，有說是函谷關（今河南三門峽境內），有說是
函谷關以西的潼關（今陝西潼關境內）。事實上，司馬遷
執筆時距離春秋末期已經超過四百年，有關老子的生平在
當時可能已經逆近傳說，無從稽考。至於老子的著述《道
德經》，二十世紀初不少學者抱持疑古的態度，質疑它成
書的年代比另一部道家經典《莊子》更晚，直到 1993 年
10 月在湖北荊門沙洋縣紀山鎮戰國中期郭店一號楚墓出
土了包括《老子》在內的一批簡牘，才結束了這個爭論。

老子哲學的特點是提出了「道」。古人相信天覆地載，認
為上天覆蓋着萬物而大地承載着一切，因此兩者是最尊最
貴的存在，並把它們尊奉為皇天和后土。在皇天和后土兩

者之間，古人基於「天尊地卑」的概念，認為高高在上的皇天比腳下的后土更為尊貴，而把皇天視為萬物的主宰。皇天於商周時代已經是一個普及的觀念，在《尚書》中就可以找到「皇天上帝」、「皇天眷佑」、「皇天眷命」、「格于皇天」等用語，而據此在中華文化裏引伸出天子、天下、敬天、法天、應天、順天、奉天承運等概念。不過，老子卻提出有一個比天地更崇高的存在，它的本質無形無狀、無大無小、無邊無際、無始無終，卻是天地萬物的本源和運行定律。《道德經》第二十五章就說：「有物混成，先天地生。寂兮寥兮，獨立而不改，周行而不殆，可以為天下母，吾不知其名，字之曰道。」老子之所以勉強把它稱之為「道」，是因為這個存在不但無形無狀，且無色無聲，不可能也不能夠用任何語言文字來指稱。《道德經》第一章說：「道可道，非常道，名可名，非常名。」大意就是指「道」既不能夠言說（可道），也不能夠命名（可名），一旦用語言文字賦予它任何定義，那麼這個定義就不能代表超越一切的「道」了。

老子既強調「道」這個存在的本質處於「無」、「虛無」的狀態，但也同時強調它有化生和運行天地萬物的力量。《道德經》第四十章說：「天下萬物生於有，有生於無。」第四十二章說：「道生一，一生二，二生三，三生

萬物。」第二十五章:「人法地,地法天,天法道,道法自然。」老子把「道」這種力量稱為「有」、「自然」、「德」。「道」兼具「無」、「虛無」和「有」、「自然」兩種特質。《道德經》第一章就說:「常無欲以觀其妙,常有欲以觀其徼。此兩者同出而異名,同謂之玄,玄之又玄,眾妙之門。」又第二章說:「有無相生。」後來道教文獻有將「道」形容為「妙有妙無」,可以說是一個貼切的說法。老子既然確認「道」是天地萬物的本源和運行定律,於是提出「尊道貴德」的核心思想,認為人應該尊崇「道」和依循「道之德」來行事。

老子並沒有為人應如何「尊道貴德」而定立明確的綱目,但根據《道德經》人為此在修身行事上要以「無為」和「清靜」作準則。所謂「無為」是指人應任由萬事萬物循着它的本質自然生長和發展,不加以干預,使萬事萬物呈現最自然的一面。《道德經》第三章說:「為無為則無不治。」又第四十三章說:「吾是以知無為之有益。」簡而言之,這即一般人熟知的「道法自然」。而所謂「清靜」是指人應「神清心靜」以至猶如「道」的「虛無」,從而使人初可長生久視,終能臻於與「道」契合的境界。《道德經》第十六章即說:「致虛極,守靜篤,萬物並作,吾以觀其復。」為此,司馬遷就把老子的思想概括為:「無為自化,

清靜自正。」縱然後世推崇三教合一，但儒、釋、道三者
的根本思想其實大相逕庭，當中在中國本土形成的儒和道
在不少立場上就針鋒相對，譬如儒家敬「天」、法「天」，
道家則法「道」、法「自然」，儒家談仁說義，而道家則
崇尚無為清靜。因而司馬遷在老子傳記結尾特別強調儒道
的矛盾說：「世之學老子者則絀儒學，儒學亦絀老子。道
不同不相為謀，豈謂是邪？」

第二節　道教信仰

在西漢司馬遷筆下老子已經是「猶龍」的傳說人物，而漢
代的人更逐漸把他視為其學說所提出「道」的化身。從學
術角度出發，東漢中期至晚期以老子為首的道家思想、神
仙信仰和方士傳統逐漸融合形成了道教信仰，其中最早出
現的道派分別是于吉、張角領導的太平道，以及張陵創立
的正一盟威道（五斗米道）。從東漢晚期起兩千年來，道
教出現過為數眾多、互不隸屬的道派，較為重要的有正
一、上清、靈寶、清微、東華、淨明、天心、真大道、太
一、全真等。不過，正如《金蓮正宗仙源像傳》所說：「道
無終始，教有後先。」道教傳統認為歷史上大大小小的道
派都同樣尊崇大道，只是於不同時地因時而興的結果。

從明代起道教以正一和全真為兩大主流。正一肇始於東漢末年張道陵創立的正一盟威道，這派道士在修行上以「授籙」為依據，不同品位的「籙」可以施行不同的符咒和儀式，道士藉由這些道法為人祈福消災、驅邪治病。張道陵號稱「天師」，他的後裔代代相傳這個名銜，世居在江西龍虎山（今江西鷹潭境內），至二十世紀傳至第六十三代張恩溥（1894－1969）。張天師的地位為歷代朝廷所承認，從元代中期起龍虎山「正一宗壇」更獲朝廷任命為「萬法宗壇」，被賦予統領同類道派的權責。至於全真是金代時北方重陽真人王嚞（1113－1170）所創立，藉由他的弟子馬鈺（1123－1183）、王處一（1142－1217）、丘處機（1148－1227）等人發揚光大。全真道士雖然也會做法事，但在修行上更講求「性命雙修」的內丹修煉，他們一般住於道觀、獨身、持齋，奉持戒律清規。

道教信仰相信至高無上的「道」從虛無中逐步化出生天地萬物，而最初化生成始青炁、元黃炁、玄白炁三炁，三炁分別化生了天寶君、靈寶君和神寶君三位神明，三位神明居於玉清聖境、上清真境、太清仙境三清境，尊號為虛無自然元始天尊、太上道君靈寶天尊和太上老君道德天尊，總稱三清三境天尊。三清三境天尊中太上老君道德天尊為救度世人，於不同時代多次分身化形到人間，道教儀式中

讚頌太上老君的〈太清號〉便形容他說:「隨方設教,歷劫度人。」根據道教文獻記載,老君在上古曾經化身為鬱華子、大成子、廣壽子、廣成子、隨應子、赤精子、務成子、尹壽子、燮邑子等聖人,而到了春秋時代化身為老子,為世人留下了《道德經》這部經典。在道教藝術中,老君的法相是髮鬢皓白,蓄長髯,束髻戴蓮花冠,面容慈祥,身穿八卦袍,手執塵尾,寓意說法談玄。《道德經》所說尊道貴德、道法自然、清靜無為、返樸歸真、長生久視等思想,道教奉為基本的信仰。

除了三清天尊之外,道炁在演化萬物的過程中化生了不同神明,品位較高的有玉皇上帝、后土元君、太一救苦天尊、雷聲普化天尊、東華木公(東王公)、西靈金母(西王母)、五方五老天君、天地水三官大帝等等。天界神明有九天生神上帝、四梵天和三界二十八天的三十二天帝等等。星辰之神有勾陳上宮天皇大帝、中天北極紫微大帝、斗姆元君、北斗星君、三台星君、二十八宿星君等等。雷法之首雷聲普化天尊麾下的護法神將有鄧天君、辛天君、張天君、陶天君、苟天君、畢天君、王靈官、殷天君、馬趙溫關四大元帥等等。地界神明有三十六壘土皇君、五嶽大帝、洞天福地仙官等等。水界神明有四瀆源王、四海龍王、五湖主者、九江大帝等等。

道教經典主要收錄在明代正統年間朝廷主持編印的《道藏》當中，當中除了以哲理為主的《老子》、《列子》、《莊子》、《淮南子》、《抱朴子》等外，宗教色彩較重的經典有《陰符經》、《清靜經》、《黃庭經》、《度人經》、《玉皇經》、《玉樞經》、《北斗經》等。道教相信「道」的奧秘蘊藏在道炁所形成的「雲篆」，這些在虛空中誕生的文字玄妙莫測，經過神明的書寫後收藏在天宮的琅函寶笈內，後來神明藉著不同契機把當中的義理演說成為道經。至高無上的三清三境天尊演說的經典分類為洞真部、洞玄部和洞神部，總稱三洞真經。道教強調「道」是「非師不傳，非經不印」，神明為教化和拯救眾生把道經流傳至

明鎏金青銅太上老君坐像。頭戴蓮花冠、蓄長鬚，盤坐是道教供奉的太上老君造像。（圖片來源：The Metropolitan Museum of Art）

人間有道之人、有緣之士，再代代相傳。例如道教傳統認為《太上老君說常清靜經》是由西靈金母（西王母）傳授予金闕帝君，金闕帝君再傳授予東華帝君，東華帝君傳授予三國時期道士、太極左宮仙翁葛玄（164－244）。

修道之人參悟道經的內容和按照真仙的指引致力修行，可以

悟道、體道、得道，而得道之人稱為仙人。仙字本字寫作「僊」，東漢許慎《說文解字》解釋「僊」字由「人」和「䙴」兩個字符組成，強調仙人是從人修煉、從人變遷而成，意思是「長生僊去」。「仙」和「仚」是「僊」字後起的寫法，都由「人」和「山」兩個字符組成，強調修道之「人」入「山」修行而成仙。東漢末年劉熙《釋名》的〈釋長幼〉說：「老，朽也。老而不死曰仙。仙，遷也。遷，入山也，故其制字人旁作山也。」道教特別崇尚山嶽，認為山嶽是接通天地之處，容易遇到真仙，稱為「洞天福地」。這些洞天福地除了東岳泰山、南岳衡山、中岳嵩山、西岳華山、北岳恆山等五岳，還有五鎮、十大洞天、三十六小洞天、七十二福地、三十六靖廬等，又當中以陝西終南山、湖北武當山、四川青城山、安徽齊雲山尤為著名。直到今天，道士仍有在山裏隱修的傳統，當代知名的全真道士、一百零三歲羽化的米晶子張至順（1912－2015），一生就長時間在終南山上修行。

道教認為人皆有成仙之可能，這個理念稱之為「神仙可學」。為人熟悉的「八仙」正好用來說明這個理念。「八仙」是指鍾離權、呂洞賓、鐵拐李、張果老、藍采和、曹國舅、何仙姑、韓湘子八位仙人，小說和戲曲中以他們為主角的故事「八仙過海」可以說家傳戶曉。「八仙」各有

特點，每位仙人的性別、身份、形相都不一樣。當中雖然以男仙為主，但也有一名女仙何仙姑。以年齡來分年長的有活躍於唐玄宗時期的道士張果老，年幼的有打扮形如孩童，提着花籃的藍采和。出身上流社會的有鍾離權和曹國舅，前者據傳本是一名將軍，後者則相傳是北宋開國元勳曹彬（931－999）的孫、宋仁宗曹皇后（1016－1079）的弟弟曹佾，名符其實是一位王親國戚。衣衫襤褸、腳有殘疾的鐵拐李看似身份卑賤，但其實是「真人不露相」，他的真實身份是把自己元神依附在乞丐身上的得道仙人。「八仙」的組合正正寓意男、女、老、幼、富、貴、貧、賤皆能成仙。

道教又把仙人稱作真人。真人這個詞源自《莊子》。該書〈大宗師〉說：「古之真人，其寢不夢，其覺無憂，其食不甘，其息深深。」又〈天下〉說：「關尹、老子古之博大真人。」「真」字的本義應是本性、本原、本質，不過古人對這個字的解釋很特別。真字本寫「眞」，《說文解字》解釋「眞」字說：「僊人變形而登天也。从七从目从乚，八，所乘載也。」指「眞」是個會意字，「七」、「目」、「乚」、「八」幾個字符的組合象徵人成仙時乘坐一種載具登天而去。從唐代起朝廷多加封仙人或道士真人名號，例如唐玄宗李隆基為了崇道，於天寶元年（742）尊封先秦

道家人物莊子為南華真人、文子號為通玄真人、列子號為沖虛真人、庚桑子號為洞虛真人，又例如東晉仙人黃初平因為屢次顯靈，於南宋淳熙十六年（1189）被宋孝宗趙昚（1127－1194）封為「養素真人」，到景定三年（1262）再被宋理宗趙昀（1205－1264）加封為「養素淨正真人」。真人是一種尊稱，故此道士並不會自稱為真人，正如在《倚天屠龍記》中大部分人物都稱武當派掌門張三丰尊稱為張真人，但張三丰對人只自稱為「貧道」。

從上古以來得道真仙眾多，明《道藏》收錄了元代浮雲山聖壽萬年宮道士趙道一編集的一部仙人傳記匯篇《歷世真仙體道通鑑》，全書包括正編五十三卷、續編五卷、後集六卷，總計六十四卷。正編五十三卷，共收入真仙七百四十五人，上起軒轅黃帝，下至北宋末年。續編五卷，收錄南宋金元真仙三十四人，以全真道人物為主。後集六卷記述收錄了女仙一百二十人。

從至高無上的三清三境天尊到歷代得道真仙，道教總共有多少神明呢？按照北宋朝延定立的醮儀規格，儀式的規模是以供奉的神明牌位的多少而定，從最少二十四個依次增加至四十九個、六十四個、八十一個、一百二十個、二百四十個、三百六十個、四百九十個、六百四十個、

一千二百個、二千四百個，以及最多是三千六百個。供奉
神明牌位數量最多三種醮儀是帝王國主為國為民而舉行，
一千二百個牌位的叫祈穀福時壇羅天大醮，二千四百個牌
位的叫延祚保生壇周天大醮，三千六百個牌位的叫順天興
國壇普天大醮。其中文獻中較多提到羅天大醮，以北宋末
年為背景的章回小説《水滸傳》第七十一回〈忠義堂石碣
受天文 · 梁山泊英雄排座次〉中，便講述天閒星、綽號
「入雲龍」的道士公孫勝在梁山泊啟建羅天大醮。有些人
以這些醮儀規格誤會道教神明總數是一千二百或三千六百
位，其實按照道教信仰神明乃大道之氣化生，聚散成形，
散則為氣，並沒有一個固定數量，《太上洞玄靈寶救苦妙
經》就説：「十方諸天尊，其數如沙塵。化形十方界，普
濟度天人。」

由於道教與民間信仰崇拜對象有重疊，也同樣燒香禮拜，
在表面上十分相似，所以一般人總會把兩者混淆起來。道
教與民間信仰最根本的區別在於信仰的旨趣。道教不論哪
一個時代哪一個宗派，在修行上都以追求成仙為目的，它
有較嚴謹的教理、教義、神明譜系、經典、儀式，尤其道
士把儀式專門稱為科儀、科範或儀軌，推崇根據規範的儀
式本來「依科宣奉」，並著重以書面語書寫的文書與神明
溝通。民間信仰更強調神明的靈驗，能夠為人滿足名利和

慾望，而它的經典和儀式多數使用口語化的文字。從道教信仰來看，民間信仰既沒辦法為自己超生越死，也沒法為他人濟生度死，對比「玄門正宗」不過是「小法」、「旁門」。

第二節　道士的服飾

重陽真人王嚞在山東寧海州以「分梨十化」點化馬從義夫婦，兩人「由是屏俗累，改衣冠，焚誓狀，夫婦信嚮而師焉」。這段話提到兩人皈依王重陽門下時做了三件事。第一是「屏俗累」，以出家來斷絕世俗中煩雜瑣碎的事。第二是「改衣冠」，脫下在家時的服裝，而改為穿戴道士的衣服和帽子。第三是「焚誓狀」，焚燒寫上誓願的文狀向神明表達奉道的決心。經過了這三件事，馬從義夫婦從俗人成為了我們熟識的丹陽真人馬鈺和清靜散人孫不二（1119－1182）。或許對於修道的人來說，「屏俗累」、「改衣冠」和「焚誓狀」三者所意味的轉變同樣重要，但在俗人眼中，「改衣冠」這種外觀上的變化始終最為具體。

在古代社會服飾往往代表了一個人的身份和地位，道教中人也深明這點，甚至會用「簪帔」來指皈依入道，例如元代全真道士陸道和（生卒未詳）在《全真清規》中說「棄

俗簪帔」，記錄了簪帔儀式具體的步驟，又如正一派龍虎山第四十三代天師張宇初（1359－1410）在《道門十規》中提到「簪帔爲道士」。當中「簪」和「帔」分別指初次戴上道冠和穿上道衣，象徵了修行道路的開始。清代編修的《廣成儀制冠巾科儀》說：「世之出家學道，必須奏請冠巾何也？蓋欲正玄規，消罪愆，通明結三圓之故耳。」

在服裝史上道教衣冠屬於漢服的分支，它基本沿用同時代漢服的剪裁結構，例如道士日常穿的道衣是交領右衽、寬衣廣袖，惟它在形制和圖案方面有一些道教信仰的特點，故此道教的冠巾、衣服、鞋襪被專稱為道冠、道巾、道衣、道鞋、道襪。道士服飾崇尚古雅，往往被同時代人視為「古裝」。以首服為例，古代男子二十歲成年時要把長髮綰成一個髻，從這時起有社會地位的人要在髻上加冠顯示身分，而平民百姓則在髻上繫上頭巾。冠原本是固定在髻上的髮罩，它的設計「寒不能暖，風不能障，暴不能蔽」，唐代襆頭流行後巾逐漸取代了冠成為首服的主流，但歷代道士依然戴冠。南宋理學家朱熹（1130－1200）便說：「古人衣冠，大率如今之道士。道士以冠為禮，不戴巾。」到了明代把道士戴的冠被稱為束髮冠，明代太監劉若愚在《明宮史》說，束髮冠是「其制如戲子所戴者」。這可以理解為當時除了道士和舞台上的演員外，一般人在

公眾場合不會戴冠把自己弄成一個古人模樣。

雖然道教信仰嚮往逍遙，但道士把服飾看作儀範之一，道書對甚麼身份的道士在甚麼場合如何穿搭也有一些規定。再以首服為例，全真道士的冠有偃月冠、三台冠、五岳冠，只有受過初真戒才能戴偃月冠，受過中極戒才能戴三台冠，受過中極戒才能戴五岳冠，至於巾有華陽巾、純陽巾、九梁巾、逍遙巾、紫陽巾、浩然巾、沖和巾（莊子巾）、混元巾、一字巾等，當中逍遙巾、浩然巾、一字巾都是日常在戶外所戴。清代江南全真龍門派高道閔一得（1758－1836）在《清規玄妙全真參訪外集》就記載了一種近似禮服的服飾，說：「朝參公服，頂黃冠，戴玄巾，服青袍，繫黃條，穿鶴氅，足纏白襪，腳納雲霞朱履。」按五行學說青、紅、黃、白、黑五色是木、火、土、金、水五行的正色，而這身打扮正好集五行正色於一身。

道士對法事中的穿戴比常服有更高規格的要求。道士在壇場內做法事時，是假想自己在天上的宮殿內向神明禮拜和陳情，故此一切必須莊嚴整潔，而以身為整場法事中心的高功法師的穿戴最具特色。高功法師多數戴蓮花冠，古代稱為芙蓉冠。芙蓉冠的歷史悠久，早在南北朝時期的道書《洞玄靈寶奉道三洞科戒營始》已經有記載。這種冠之所

以取象蓮花，是因為取蓮花出污泥而不染的象徵意義，並以花形寓意開花結果。《三洞法服科戒文》即説：「如彼蓮花，處世無染。又花為果始，用冠一形，舉之於首，圓通無礙。」蓮花冠多用木或金屬模仿蓮花花形製作，插髮簪的地方是花托，花托外圍襯以數葉花瓣，花托中間豎出一枝向前卷的花蕊。高功法師穿的法衣古時稱為絳衣，絳即大紅色。法衣衣袖的剪裁有普通的廣袖、方袖、琵琶袖，也有一種衣袖特別寬大，高功法師兩臂展開時兩邊衣袖和衣身可合成整齊的四角形，稱為天衣或天仙洞衣，取「天衣無縫」之意。法衣前後多繡滿玉京山鬱羅蕭臺、金烏玉兔（象徵日月）、三台、北斗、南斗、二十八宿、五嶽真形圖、龍虎、仙鶴、雲紋、暗八仙等圖案，十分華麗，不少歐美博物館把道教法衣當作中國服飾的精品來收藏。

可是，現實中除了住觀的道士外，也有在山野隱修的道士，也有長年四處雲遊的道士，他們穿戴未必像一般道士規整，而且各地各派也往往各有特色，加上歷史上不少得道之士也以邋遢、蓬頭而著名，至於仙人中也有拄鐵拐的李仙，故此同道中人要分辨眼前來訪的人是否一位有真實傳承的道士，還是招搖撞騙的人並不容易。清代高道閔一得便慨嘆當時道士真偽難辨，在觀內遇上來拜訪的人奇裝異服時，例如蓬頭亂髮或紮丫髻，身上穿百衲衣或二仙懶

衲，腰上繫九股條、呂公條或一氣條，腳上穿多耳麻鞋或
草鞋棕履，甚至赤腳，只好細心查閱對方的道派傳承和習
誦經典，並觀察他的言行舉止來判定。

道教服飾對於漢服的傳續有特殊意義。十七世紀滿洲人入
主中原之後強硬推行薙髮易服的政策，逼令漢人改剃髮髮
髮型及穿滿洲服飾，漢服文化幾乎斷絕。惟正如民間流傳
「儒從而釋道不從」，於清代惟獨和尚和道士仍然可以穿戴
前朝明代的漢服，而因為和尚不留髮鬚，所以只有道士同
時保存了漢服「衣」和「冠」的文化。及至二十世紀初清
朝滅亡後，漢人傳統衣冠卻沒有被社會主流重視和恢復，
反而新興的中山裝、唐裝和旗袍成為了中國服飾的代表，
故此從明代滅亡以後至今的四百多年，在中國只有道士仍
然日常穿着漢服。

二十世紀初山東青島的全真道
士。照片中一名長鬚道士和一
名男子對坐，另外五名道士分
別站在兩旁。六名道士都戴混
元巾，但所穿的道服和道鞋款
式略有不同。這張照片見證了
道士從清代到了民國，仍然維
持穿着漢服。（筆者收藏）

在金庸小說不少情節中道士被蔑稱為「牛鼻子」，例如《神鵰俠侶》中楊過用這詞來罵自己不喜歡的全真派道士，《倚天屠龍記》中明教光明右使范遙把被囚禁在大都萬安寺的六大派說成是「臭和尚、臭尼姑、牛鼻子」，至於《笑傲江湖》中五岳劍派之一泰山派的道士更常被這樣稱呼。「牛鼻子」這個詞當然不是金庸的發明，它早見於各種雜劇和小說，例如元代范康在雜劇《陳季卿誤上竹葉舟》第一折說：「你看中間一個老禿廝，左邊一個牛鼻子，右邊一個窮秀才。」可見用「牛鼻子」來罵道士，相當於用「禿廝」來罵和尚。明代雜劇《徐伯株貧富興衰記》第三折說：「這牛鼻子大膽！怎生在我面前，說長道短的。」清代章回小說《說岳全傳》第六十四回說：「牛通就對諸葛錦道：『都是你這牛鼻子，叫他去叫船，如今叫人捉去。』」然而，為何用「牛鼻子」來蔑稱道士至今沒有一個完全合理的說法。一說是道士梳的髻形狀好像牛鼻，一說是取老子騎牛出關的典故而用牛來借指道士，但這兩個解釋都頗為牽強。

道教流傳一副對聯說：「古老名哲崇黃老，天下隱賢多道家。」雖然儒道兩者的思想存在矛盾，但兩者正好在中華文化中分別代表「顯」和「隱」的一面，而道教之「隱」使人常忽略了它在歷史上對政治、社會和文化的深遠影

響。一般人只知道隋文帝楊堅（541－604）篤信佛法，但不知道他的年號「開皇」取自道經中「五劫」名稱之一。唐、宋、明三代皇帝均希望通過道教信仰來為自己政權加持。唐代皇室以老子姓李，聲稱他是皇室隴西李氏的始祖，故此上尊號為太上混元皇帝、大聖祖高上大道金闕玄元天皇大帝。宋真宗趙恒（968－1022）以「天書」下降一事為祥瑞，聲稱趙氏的先祖「趙玄朗」是上古「九皇」之一和軒轅黃帝的轉世，尊號為上靈高道九天司命保生天尊大帝。明成祖朱棣（1360－1424）說自己於靖難之變得以成功，是得到北極紫微大帝麾下的真武真君護佑，故此尊號真武真君為玄天上帝，並在武當山大舉修建道場。清代滿洲人統治者沒有顯著信仰屬於漢人的道教，但卻崇奉道教護法神將關羽和福建女仙媽祖，前者封號累積至「忠義神武靈佑仁勇威顯護國保民精誠綏靖翊贊宣德關聖帝君」二十六個字，後者封號更累積至「護國庇民妙靈昭應宏仁普濟福佑群生誠感咸孚顯神贊順垂慈篤祐安瀾利運澤覃海宇恬波宣惠道流衍慶靖洋錫祉恩周德溥衛漕保泰振武綏疆天后之神」六十四個字，都是史無前例。若果細心考察的話，會發現我們平常往往低估了道教對中華歷史和文化的影響。

第六章
王重陽與全真教

> 北宋道教本只正乙一派，由江西龍虎山張天師統率。自金人
> 侵華，宋室南渡，河北道教新創三派，是為全真、大道、太
> 乙三教，其中全真尤盛，教中道士行俠仗義，救苦恤貧，多
> 行善舉。是時北方淪於異族，百姓痛苦不堪，眼見朝廷規復
> 無望，黎民往往把全真教視作救星。

> 《神鵰俠侶》第二十四回〈意亂情迷〉

> 郭楊二人請教道人法號。道人道：「貧道姓丘名處機……。」
> 楊鐵心叫了一聲：「啊也！」跳起身來。郭嘯天也吃了一驚，
> 叫道：「遮莫不是長春子嗎？」郭嘯天道：「原來是全真派大
> 俠長春子，真是有幸相見。」兩人撲地便拜。

> 《射鵰英雄傳》第一回〈風雪驚變〉

沒有全真教丘處機這個角色，就沒有《射鵰英雄傳》甚至
整個《射鵰》三部曲。為甚麼這樣說呢？不是丘處機殺了
奸臣王道乾後路過臨安牛家村，他就不會在村裏遇上郭嘯
天和楊鐵心。不是丘處機的蹤跡引來追兵，包惜弱便不會

救了受重傷的金國王爺完顏洪烈。不是完顏洪烈看上了包惜弱的美色，郭嘯天和楊鐵心也不會惹上殺身之禍，自然李萍和郭靖母子不會流落大漠，包惜弱和楊康母子不會成為金國王妃和王子，而丘處機和江南七怪也不會有十八年比武之約。更不要忘記的是，郭靖和楊康的名字也是丘處機按引致北宋滅亡的靖康之難所改。我們不知道丘處機沒有出現，郭靖和楊康在亂世中是否可以健康快樂在牛家村成長，但肯定的是丘處機的偶然出現，才引出後來郭靖、黃蓉、楊康、楊過、屠龍刀、倚天劍等一段段傳奇故事。

在《射鵰英雄傳》和《神鵰俠侶》的武俠世界中，丘處機是全真教響噹噹的人物，而全真教是當時中原武林「正義力量」的代表，其武學被譽為是「天下武學正宗」。全真教主要人物有「五絕」之首、教祖「中神通」王重陽，他的師弟「老頑童」周伯通，以及他的七名嫡傳弟子「全真七子」馬鈺、譚處端、劉處玄、丘處機、王處一、郝大通、孫不二。雖然他們只是故事的配角，但他們與故事中其他人物的關係千絲萬縷，且往往是推動故事發展中的關鍵人物。在《射鵰英雄傳》中，王重陽勝出「華山論劍」而奪得武學秘笈《九陰真經》，他為保管好這部秘笈，去世前把埋藏《九陰真經》的重任交給師弟周伯通。怎料王

重陽所託非人，周伯通不小心讓黃藥師妻子馮蘅默記了經
文下卷，但誰也沒想到這事日後引起黃藥師家庭和徒弟一
連串的不幸。身為掌教的馬鈺看不過師弟丘處機誓要勝出
十八年比武之約，於是遠赴大漠在崖頂向郭靖傳授了全真
內功，為日後的郭大俠打好了基本功。全真七子與黃藥
師、梅超風在牛家村惡鬥，期間譚處端被歐陽峰暗算不幸
身亡，結果兩派結下了深仇。在《神鵰俠侶》中，郝大通
誤殺了孫婆婆，才使楊過有緣拜入古墓派門下，而古墓派
傳人起居生活的活死人墓，其實是王重陽早年建造並讓給
紅顏知己林朝英。

金庸能夠把全真教的情節寫得這麼精彩，主要原因是王重
陽、周伯通、全真七子、終南山、重陽宮、活死人墓等人
物和事物，有很大部分是根據歷史上全真教真人真事改編
而成。

第一節　教祖王重陽

金朝軍隊於北宋靖康元年（1126）冬天攻破開封城，次年
（1127）春天俘虜宋徽宗趙佶（1082－1135）、宋欽宗趙
桓（1100－1156）父子和大批皇族北去，史稱靖康之難，
北宋政權隨之滅亡。同年宋徽宗第九子康王趙構（1107－

1187）逃至南京應天府（今河南商丘）即位，改元建炎，從此宋朝政權偏安南方。從 1127 年靖康之難到 1368 年明太祖朱元璋（1328－1398）建立明朝，北方漢人先後經歷女真人和蒙古人長達二百四十年的統治，但教人意外的是，基礎於漢文化的道教在此時此地卻大放異彩。在十二世紀北方先後出現了衛州汲縣（今河南汲縣）人蕭抱珍（？－1166）創立的太一教、滄州樂陵人（今山東樂陵）無憂子劉德仁（1122－1180）創立的真大道教，以及京兆府咸陽人（今陝西咸陽）重陽子王嚞（1113－1170）創立的全真教三個新的道教宗派。著名歷史學家陳垣（1880－1971）最先留意到這段史事，並於 1941 年寫成《南宋初河北新道教考》。陳垣認為當其時「河北鸞宮為墟，士流四散」，於這個儒學衰亡的時代三派創始人以道教信仰「別樹新義，聚徒訓眾」、「寬柔為教」，事實上是替代了儒家在社會和文化上的位置。陳垣在序中不諱言這三個宗派其實「創教於宋南渡後」，但本書之所以刻意以「南宋」為名，是因為「三教祖皆生於北宋，義不仕金，繫之於宋，從其志也」。這個說法與歷史不盡相符，當時身處日佔北平的陳垣以此立說顯然別有用意。

太一教和真大道教法脈於元代末年失傳，惟獨全真教創立至今八百年來歷久不衰，而且得以與創立於東漢末年的正

一派並列為道教兩大主流宗派，有這個結果必須歸因於世稱重陽真人的全真教祖王嚞。道教仙傳的記載往往跡近傳說，但王重陽和他一眾弟子是明確的歷史人物，有關他們的事蹟有大量同時代記錄。真常子李志常（1193－1256）在《長春真人西遊記》書末憶述師父丘處機（1148－1227）說過：

> 古之得道人，見於書傳者，略而不傳，失其傳者，可勝言哉！余屢對汝眾舉近世得道之士，皆耳目所觀接者，其行事甚詳，其談道甚明。暇日當集全真大傳，以貽後人。

明《道藏》不僅收錄了大量全真道士的文集和著述，且與全真史事相關的文獻除了上述《長春真人西遊記》以外，尚有耶律楚材（1190－1244）《玄風慶會錄》、佚名《體玄真人顯異錄》、秦志安（1188－1244）《金蓮正宗記》、李道謙（1219－1296）《甘水仙源錄》、《七真年譜》、《終南山祖庭仙真內傳》、謝西蟾（十四世紀初）和劉志玄（十四世紀初）《金蓮正宗仙源像傳》等七種。

王重陽最早的傳記是金寶慶二年（1226）密國公完顏璹（又名金源璹，1172－1232）寫的〈終南山神仙重陽真人全真教祖碑〉。王重陽於北宋政和二年（1113）十二月

二十二日在京兆府咸陽縣大魏村一個富裕家庭出生，本名
中孚，字允卿。他天資聰敏加上家境優厚，若果生於太平
盛世應該會順利踏上科舉之路，但北宋政權卻於他十四五
歲時突然滅亡，接下來幾年關中的統治常常更迭。雖然他
約二十歲時一度就讀於京兆府學，但有感當時正值亂世，
幾年後的金天眷年間（1138－1141）便決定棄文從武，
投考武舉，並為此為自己改名世雄，字威德。王中孚身材
高大，體格強壯，故此能文能武，完顏璹形容他說：「又
善騎射，健勇絕倫。」其他傳記又指他說：「形質魁偉，
任氣而好俠。」「身長六尺餘，氣豪言辯，臂力過人。通
經史，善騎射。」由此看來，金庸把王重陽寫成一名武功
高手，可以說是有一定根據。不過，歷史上的王重陽在傀
儡政權劉齊和金朝統治下成長和生活，未曾想過為遠在南
方的宋朝效力，金庸寫他組織義師反抗金朝只是小說家之
言，而這個設定大抵受到陳垣《南宋初河北新道教考》指
「三教祖」是「義不仕金」的影響。

從王中孚為自己改名王世雄可以看出他追求功名的志向，
但他長年失意於仕途，結果選擇自暴自棄。他不但不理家
業，謾罵家人，且終日酗酒，更自號為「王害風」。「風」
即是「瘋」，所謂「害風（瘋）」即是得到了瘋病，相當
於瘋子。直到金正隆四年（1159），這時已經年屆四十八

歲的王重陽才迎來了一生的轉捩點。他於這年、次年在
甘河鎮（今陝西西安市鄠邑區境內），以及金大定四年
（1164）在醴泉縣，先後三次遇到仙人傳授修煉秘訣，按
照全真教史，他遇到的仙人分別是正陽子鍾離權、純陽子
呂巖和海蟾子劉操。王重陽有一首詞《酹江月》就說：「正
陽的祖，又純陽師父，修持深奧。更有真尊唯是叔，海蟾
同居三島。」他隨即於第二次遇仙的金正隆五年（1160）
拋妻棄子，並把幼女送往一早定好的姻家，正式入道，改
名喆（後再改為嘉），字知明，號重陽子。

王重陽家鄉毗鄰道教名山終南山，他最初選擇修行的地方
都在終南山下。秦嶺山脈從甘肅、陝西綿亙至河南，終南
山是指秦嶺在陝西境內的部分，這段山脈正位於關中平原
以南，是秦、漢、唐首都的天然屏障。終南一名起源極
早，《詩經‧秦風》中就有一首叫《終南》，說「終南何
有？有條有梅。」「終南何有？有紀有堂。」終南山靠近
政治中心，歷史文化悠久，當中道教傳統又特別深厚。傳
說老子答應關令尹喜的請求後，是在終南山寫下《道德
經》，其位置即著名道觀樓觀臺。唐代李姓皇室追尊老子
為自己的祖先，因而在終南山修建了規模宏大的宗聖宮。
從古至今終南山都是道士隱修的場所，成語有「終南捷
徑」，講唐代盧藏用（664－713）考中進士後不受重用，

反而入終南山修道後被召任官。王重陽最先在終南山下南
時村修築「活死人墓」作為修煉場所，兩年多後的金大定
三年（1163）秋天，改在附近的劉蔣村與兩位道友玉蟾子
和德謹、靈陽子李靈陽修建茅庵一同修行。日後全真教把
茅庵的位置稱作「祖庭」，後世再發展為全真三大祖庭之
一的萬壽重陽宮。

「活死人墓」這個名稱前所未見，是王重陽在修道上的一
個發明。金庸小說把「活死人墓」說成是王重陽為了反金
起義而在終南山上修建的地下基地，內裏房舍眾多，用來
收藏兵甲糧草，而且為了防範金兵，刻意把通道造成迷宮
一般，並布下無數巧妙機關，而最後這個地下基地之所
以變成了「活死人墓」，是因為王重陽起義失敗後心灰意
冷，憤而出家並自稱「活死人」，以自喻「雖生猶死」、「不
願與金賊共居於青天之下」。事實上「活死人墓」只是王
重陽自己挖的一個一丈見方的地穴，地穴上用泥土堆出一
個土丘，插了一個寫上「王害風靈位」的牌位，表面上像
個墳頭。「活死人墓」在建築功能上提供了一個用來閉關
修行的場所，而在宗教意義上象徵王重陽埋葬了凡身、凡
心和自己的過去。他有一首以「活死人墓」為題的長詩，
每四句都以「塵」字結尾，例如「不作塵」、「總化塵」、
「散為塵」、「不生塵」、「不同塵」，大意是講修煉使自己

在凡塵俗世的一切都化作塵埃，而修煉使自己不會再染上一點塵埃。

金大定七年（1167）四月，王重陽突然焚毀了劉蔣村茅庵，辭別道友，自言要「東海捉馬去」、「我東方邱劉譚中尋馬去也」。他離開陝西後一直東行，到了洛陽北邙山上清宮又題詩：「丘譚王風捉馬劉，崑崙頂上打玉毬。你還搬在寰海內，贏得三千八百籌。」當時所有人對王重陽打的啞謎只感到莫名其妙。農曆閏七月，王重陽抵達山東寧海州（今煙台市牟平區），隨即得到當地鉅富馬從義（1123–1184）的款待。馬從義早前曾夢見自宅南園有仙鶴飛舞，他讓王重陽在園內選一個地方修庵，而王重陽正選中他夢鶴之地。王重陽把這庵命名為全真庵，「全真」一名便由這裏開始。當時王重陽已頗具名聲，不乏前來全真庵求道之人，其中九月時一名丘姓少年從境內崑崙山前來拜師，王重陽收他為徒並改名處機，號長春子。不過，王重陽最想度化的對象是當時接待他的馬從義，而這即是他早幾個月前預言中講的「捉馬」、「尋馬」。王重陽於當年十月初一起在全真庵「坐環」。所謂「坐環」是指道士築庵或築環堵獨居修煉，即俗語所謂閉關。金庸小說為王重陽取號「中神通」。所謂「神通」最初是佛教術語，是指修行人獲得的異能，例如神足通、天眼涌、天耳通、

他心通、宿命通、漏盡通等六通。仙傳記載王重陽有眾多
神通之處，完顏璹形容他「神通應物，不可概舉。」他在
閉關修行時多次展示神通，進入馬從義夢中與他談道，兩
人又以詩文酬唱。王重陽在坐環百日之後於金大定八年
（1168）正月出關，次月經過近半年感化的馬從義決定棄
俗入道，王重陽為他改名鈺，號丹陽子。

除了「出神入夢」外，傳記記載了王重陽大量使人嘖嘖稱
奇的神通，例如度化譚處端（1123－1185）時治好他風
痺癩瘼的宿疾，將一把油紙傘拋起讓其乘風落在二百里之
外的查山送給王處一（1142－1217），在蓬萊縣海邊隨風
飄入海浪之中再安然無恙返岸等，此外還有大量應驗的預
言。從大定七年到九年約兩年多間，他在寧海州、登州、
萊州三地聲名大噪。王重陽整個山東之行有兩大成果，一
方面他收下了丹陽子馬鈺、長真子譚處端、長生子劉處玄
（1147－1203）、長春子丘處機、玉陽子王處一、廣寧子
郝大通（1140－1212）和清靜散人孫不二（1119－1183）
七名重要弟子，道教傳統尊稱為七真。當中唯一的女弟子
孫不二，是馬鈺原來的妻子孫富春。另一方面他在三州建
立了五個信眾組織，全真教史稱為「三州五會」，分別是
三教七寶會、三教金蓮會、三教三光會、三教玉華會及三
教平等會。這時期全真教對一般信眾特別強調儒、釋、道

三教並重，各信眾組織不但特別以「三教」為名，而且王重陽勸告信眾同時要唸誦道教的《道德經》、《清靜經》，佛教的《般若波羅蜜多心經》及儒家的《孝經》。值得一提的是，金庸小說出現的「老頑童」周伯通，歷史上是寧海州的信士，他捐出了自己的房產協助王重陽建立了三教金蓮會。

金大定九年（1169）冬天，王重陽帶領馬鈺、譚處端、劉處玄和丘處機四名弟子離開山東西行，年底到達南京開封府王氏旅邸。王重陽憶述自己遇到的仙人曾說：「九轉成，入南京，得知友，赴蓬瀛。」在陝西時亦早已預言自己的壽命，說：「害風害風舊病發，壽命不過五十八。」於當年年底，他便向四名弟子透露自己將會在當地升遐。他於升遐前將所有修煉秘訣傳授予馬鈺，並直言「丹陽已得道，長真已知道，吾無慮矣」。又遺囑指示年輕的丘處機和劉處玄分別聽從馬鈺和譚處端管教。最終王重陽於金大定十年（1170）正月初四羽化。礙於條件所限，四名弟子只好將王重陽遺蛻暫時安葬在開封府，隨即起行到關中拜訪了師父在終南劉蔣村的道友和德謹及李靈陽，以及師父早期所收的弟子史處厚、劉通微和嚴處常，一面印證所學，一面四周化緣為師父在劉蔣材修治墳墓。到了金大定十二年（1172），馬、譚、劉、丘四名弟子把王重陽遺蛻

遷葬到劉蔣村，然後開始廬墓，直到守葬期滿後，四人分別在陝西和河南一帶修行。

第二節　七真時代

王重陽羽化後，全真教史以馬鈺、譚處端、劉處玄、丘處機依次為第二至第五任「掌教」。這四任掌教期間全真教發生了重大的轉變。雖然王重陽有建立「三州五會」的信眾組織，但在修行上主張一種小團體形式。他在《重陽立教十五論》中提到結伴修行，不過為了「疾病相扶，你死我埋，我死你埋」。興建「茅庵草舍」不過為了「遮形」，「雕梁峻宇」、「大殿高堂」不可能是「道人之活計」。出身大富之家的馬鈺拋棄榮華富貴、妻子兒女追隨王重陽，全盤接受了這套苦行的理念，他在〈十勸〉中就告誡道眾說：「居庵屋不過三間，道伴不過三人。」然而，隨着全真教在陝西和山東兩地弟子越來越多，現實上都需要面對教內、社會和政治上的問題。其中陝西終南山「祖庭」弟子日多，已經不再是「茅庵草舍」的規模，但作為道觀並沒有取得朝廷的認可，金大定二十二年（1182）金朝加強管理宗教下令僧道返回原籍，身為掌教的馬鈺就被迫離開陝西返回祖籍山東寧海州。

從劉處玄掌教開始全真教發展開始有較大變化，尤其是在政治上爭取到統治者的重視和支持。從七真的詩文所見，他們一直與官員和文人有相當多的交往，其中丘處機就與陝西路統軍使、知京兆府夾谷清臣（又名夾谷阿不沙、夾谷龍虎，1132－1202）相善。隨着道名日盛，從金大定二十七年（1187）到承安二年（1197），金世宗完顏雍（1123－1189）和金章宗完顏璟（1168－1208）分別召見了王處一、丘處機和劉處玄，其中王處一更獲得金章宗賜號「體玄大師」。帝王的認可除了提升了全真教的名聲，更重要的是帶來了傳教上的便利，全真道觀得到了朝廷「賜額」的合法批准，道士出家也在戶籍制度下獲得朝廷批出名額。全真道士在當時社會慢慢建立了相當的影響力，並藉以濟助百姓，扶危救難，例如金貞祐二年（1214）冬天山東爆發民變，丘處機便以自己的威望協助招撫登州、寧海州亂民。

七真時代全真教最大的壯舉莫過於長春子丘處機的「西行」。金庸小說中，丘處機是一個性格十分鮮明的人物，好勝逞強但行俠仗義，從《射鵰英雄傳》到《神鵰俠侶》故事都是全真教領軍人物。歷史上的丘處機一生也十分傳奇，他父母早亡，沒有讀書識字甚乎原名不詳，但他道心堅決，十九歲時便自行棄俗入道。丘處機在七律

《堅志》首四句就自稱:「吾之向道極心堅,佩服丹經自早年。遁跡巖阿方十九,飄蓬地里越三千。」直到二十歲,他在寧海州才遇上師父王重陽。丘處機經常向弟子講述自己的修道經驗,其中指自己與師兄馬鈺二年半「得道」相比,福緣薄、資質差,因而「悟道淺」、「得道遲」,要十八九年才「得道」。然而身為王重陽年紀最小的弟子,丘處機掌教時間最長,影響也最大。1219 年蒙古大汗成吉思汗聽聞中原有一位丘神仙,專門派遣使者到山東邀請見面,次年春天已年過七十的丘處機以「十年兵火萬民愁」(《復寄燕京道友》),帶領十八弟子從山東先前往燕京、德興和宣德州,再次年春天離開中原出發經過今日蒙古、中國新疆和中亞,最終於 1202 年抵達大雪山(今阿富汗興都庫什山)下與成吉思汗會面。《射鵰英雄傳》三十六回〈大軍西征〉和第三十七回〈從天而降〉正取材於這段史事。成吉思汗三次向丘處機「問道」都十分滿意,下旨為全真教提供便利,後來更下令「道家事一切仰神仙處置」。1223 年丘處機返回中原後,一直留在燕京天長觀(今北京市白雲觀)傳教,全真道在政治上和社會上的影響力在這時到達頂峰。丘處機弟子李志常形容:「自師之復來,諸方道侶雲集,邪說日寢。京人翕然歸慕,若戶曉家喻。教門四闢,百倍往昔。」

道教史把成吉思汗和丘處機的會面稱為「一言止殺」，認
為丘處機勸告成吉思汗「恤民保眾使天下懷安」、「天道
好生」，使蒙古大軍進攻中原時減少了殺戮。近代不少學
者質疑這種講法只是道教的自我宣傳。嚴格來說，丘處機
當然不可能制止蒙古侵略中原，但道教以外文獻都讚頌他
善用成吉思汗給予的特權，在戰亂中救活了大量百姓。
《元史》的〈釋老志〉指出：

> 時國兵踐蹂中原，河南、北尤甚，民罹俘戮，無所逃命。處
> 機還燕，使其徒持牒招求於戰伐之餘，由是為人奴者得復
> 為良，與濱死而得更生者，毋慮二三萬人。中州人至今稱
> 道之。

查考元代文人詩文，當時不乏讚頌丘處機：「好生能廣君
王德，此是長春第一功。」「一言不殺感天聽，教主長春
億萬年。」可見《元史》指中原百姓感念丘處機並非虛言。

全真教從王重陽創教到丘處機掌教為止，從一個信仰小團
體發展至教門大興，期間「教風」有很大轉變。對於這種
巨大變化全真道眾亦有所疑惑。丘處機的繼承人、第六任
掌教清和子尹志平（1169－1251）在義州（今遼寧錦州）
與當地朝元觀道眾一段對話：

> 義州朝元觀會眾夜話，話及教門法度更變不一事。師曰：
> 「《易》有云：『隨時之義。』大矣哉。」謂人之動靜，必當
> 隨時之宜，如或不然，則未有不失其正者。丹陽師父以無為
> 主教，長生真人無為有為相半。至長春師父，有為十之九，
> 無為雖有其一，猶存而勿用焉。道同時異也。如丹陽師父
> 《十勸》有云：「茅屋不過三間。」在今日則恐不可。若執而
> 行之，未見其有得。」

尹志平引用易經六十四卦中隨卦〈象傳〉所說的「隨時之
義」，指出教門發展要順應時勢。他回顧教風從「無為」、
「無為有為相半」至「有為十之九」，只不過是「道同時
異」，即以適應不同時代的方法去弘揚大道。他直言馬鈺
掌教時代至為簡單的修行方式，在當下絕對是不合時宜。

歷史上和金庸小說中的全真教有三大不同之處。第一，歷
史上的王重陽和他的弟子活躍於南宋紹興三十年（1160）
至嘉定十三年（1220），相當於南宋中期，金庸小說則
他們的年代大幅挪後了數十年，相當於南宋後期。《射鵰
英雄傳》第一回提到丘處機路過牛家村是南宋慶元年間
（1195－1200），故事主線則發生於十八年後，即約南宋
嘉定十三年前後，而歷史上嘉定十三年時七真除了丘處機
外都已經羽化，至於丘處機也年屆耄耋了。第二，金庸小

説沒有特別説明全真七子的歲數，等同説七人年齡相仿，但歷史上七真歲數相差頗大，當中孫不二、馬鈺和譚處端只比王重陽少七至十歲，郝大通和王處一比幾人少約二十歲，劉處玄和丘處機又比郝、王少七、八歲。王重陽有詩形容自己和馬、譚、劉、丘四人關係有如「一弟一姪兩箇兒」。王重陽羽化時劉、丘不過二十多歲，年紀尚輕，這正是為何王重陽特別叮囑兩人要聽從馬、譚兩人管教的原因。第三，金庸小説以漢人民族大義的立場，把全真教寫成對抗金元的力量，但歷史上在中國北方起源和發展的全真教與女真人和蒙古人關係密切，就連王重陽最早的傳記也出自金朝皇族金世宗之孫、金章宗堂弟密國公完顏璹手筆。

全真教在七真奠立的基礎上雖然於蒙元統治下有起有落，但總算一直得到政權扶持，元至元六年（1269）、至大三年（1310），全真祖師更得到朝廷賜予「帝君」、「真君」、「真人」封號。可是，全真教與統治階層過從甚密，不但使教風越來越失去了教祖王重陽最初提倡苦行的色彩，亦使教派捲入政治和佛道鬥爭的旋渦。全真教入明以後聲勢更大不如前。明太祖朱元璋（1328－1398）出身貧寒又曾經出家為僧，熟諳宗教，他從社會功能角度認為全真道士的修行「務以修真養性，獨為自己」。相反，正一道士

「專以超脫,特為孝子慈親之設,益人倫,厚風俗,其功大矣哉」。(《大明玄教立成齋醮儀範》)因此明代宗教政策偏向優渥以張天師所主持的以江西龍虎山為中心的正一道。全真教從此長期沉寂,直至清順治(1643−1661)、康熙(1661−1722)年間崑陽子王常月(?−1680)在北京白雲觀開壇說戒,訂立「三壇大戒」規範,加上他的弟子將全真法脈廣泛傳播至全國各地,才使道派迎來中興局面。

第三節　全真教義

現今道教傳統把全真教稱為全真道,以其與正一道並列為兩大主流。嚴格來說,全真道專指傳承「全真五祖七真」法脈的道派。按照道教傳統,它的法脈肇始於太上老君道德天尊,道德天尊傳法予東華帝君王玄甫,東華帝君傳法予正陽子鍾離權,鍾離權傳法予純陽子呂洞賓、海蟾子劉操,最後鍾、呂、劉三祖傳法予重陽子王嚞。王甫、鍾離權、呂巖、劉操和王嚞五人合稱「全真五祖」。王嚞七名主要弟子合稱「七真」,後世玄裔追本溯源,以丹陽子馬鈺所傳為遇仙派、長真子譚處端所傳為南無派、長生子劉處玄所傳為隨山派、長春子丘處機所傳為龍門派、玉陽子王處一所傳為崳山派、廣寧子郝大通所傳為華山派、清靜

散人孫不二所傳為清靜派。七真支派中以龍門派法脈最盛，明清兩代更從中衍生出山東嶗山金山派、江蘇茅山閭祖派、四川青城山碧洞宗、廣東羅浮山南宮派、浙江湖州金蓋山雲巢派等分支。世傳「臨濟龍門半天下」，意思是臨濟宗和龍門派分別是佛教禪宗和道教全真道中的主流。

不過，廣義來說全真道概括了所有以丹道修行為主的宗派，尤其包括「南宗」。「南宗」之首是紫陽真人張伯端（987－1082），相傳他於北宋熙寧二年（1069）在四川成都得劉海蟾授予道法，他的傳世作品《悟真篇》是丹道經典之一。張伯端傳法予杏林真人石泰（1022－1158），石泰傳法予紫賢真人薛式（1078－1191），薛式傳法予翠虛真人陳楠（十二世紀末至十三世紀初），陳楠傳法予紫清真人白玉蟾（1134－1229），集其大成。以上五人都是南方人，其中陳楠是廣東惠州人、白玉蟾在廣東瓊州（今海南省）出生，可見丹道修行於兩宋時期已經廣泛傳播以至到達嶺南。在修行上王重陽一派強調「先性後命」而張伯端一派主張「先命後性」，在次序上各有所重。元代道士上陽子陳致虛（活躍於十四世紀初）兼承兩派法脈，認為兩者同樣系出東華帝君、鍾離權一脈，同屬「全真」，因而按地理把北方王重陽一派稱為「北宗」，把南方張伯端一派稱為「南宗」。這個說法得到道教內部普遍接受，把

這個合流稱為「南北統宗」，而從張伯端至白玉蟾五人便被尊稱為「南五祖」。

前面提到「全真」一名來自王重陽在山東寧海州修建的全真庵，但他和弟子對甚麼是「全真」都沒有給予解釋。其實「全真」是道教原有的術語，例如東晉葛洪《抱朴子》提到說：「含醇守朴，無欲無憂，全真虛器，居平味澹，恢恢蕩蕩，與渾成等其自然。」其他道書亦有「道契全真」、「道體全真」、「保和全真」、「竅中妙用體全真」等語。「全真」字面上是完備、純正的意思，作為道教術語大抵是指稱一種修行人所追求與「道」一致的理想狀態。王重陽採用「全真」一名應是古為今用，正如元朝大臣宋子貞（1186－1266）在〈順德府通真觀碑〉中估計，最初不過是「制以強名，謂之全真」。

後世全真弟子多從丹道修行角度加以解釋，郝大通再傳弟子姬志真（1192－1267）說：「全本無虧，真元不妄。」白玉蟾的再傳弟子瑩蟾子李道純說：「全真道人，當行全真之道。所謂全真者，全其本真也。全精、全氣、全神，方謂之全真。」又全真弟子編纂的《晉真人語錄》說：「夫全真者，合天心之道也。神不走，炁不散，精不漏，三者俱備，五行都聚，四象安和，為之全真也。」這些講法都

凸顯了全真道以丹道修行為主的特點，而這正是與以符籙為本的正一道最大不同之處。而全真祖師認為要做好丹道修行，就必須出家住觀，嚴守清規戒律，只有這樣才能全心全意斷絕各種「酒色財氣」、「攀緣愛念」、「憂愁思慮」，在降心煉性上有所作為。因應出家住觀的需要，全真道發展出自己獨特的叢林制度。這種在修行和組織上的特色，或許正是全真道歷久不衰以至在眾多道派中能夠脫穎而出的主因。

雖然從明清以來全真道是道教兩大主流之一，但其創教歷史和人物並非人所熟悉。金庸小說對全真道歷史的改編，即使為讀者對這個派別塑造了一些錯誤的印象，但毫無疑問大大地增加了普羅大眾對這個道派歷史的認識。

第七章
張三丰與武當山

這一番大笑，竟笑出了一位承先啟後、繼往開來的大宗師。他以自悟的拳理、道家沖虛圓通之道和《九陽真經》中所載的內功相發明，創出了輝映後世、照耀千古的武當一派武功。後來北游寶鳴，見到三峰挺秀，卓立雲海，於武學又有所悟，乃自號三丰，那便是中國武學史上不世出的奇人張三丰。

《倚天屠龍記》第二回〈武當山頂松柏長〉

我這套太極拳和太極劍，跟自來武學之道全然不同，講究以靜制動、後發制人。你師父年過百齡，縱使不遇強敵、又能有幾年好活？所喜者能於垂暮之年，創制這套武功出來。……只須這套太極拳能傳至後代，我武當派大名必能垂之千古。

《倚天屠龍記》第二十四回〈太極初傳柔克剛〉

即使一般人不熟悉道教，總會聽說過歷史上有一名傳奇道士叫張三丰，而他的名字往往與「武當」和「太極拳」

連在一起。

坊間有所謂:「北崇少林,南尊武當。」中華武術博大精
深,門派眾多,惟在北方首推河南嵩山少林寺,南方則先
數湖北武當山,而這兩處地方又恰巧分別是佛教和道教武
術的代表。武當山位於今湖北西北部十堰市境內,在漢江
南岸,是大巴山脈東段的分支。它之所以叫做「武當」,
是因為那裏是道教神明真武大帝的道場,以「非真武不足
以當之」而得名。武當山既是道教洞天福地,自古以來有
不少道士前來修行,其中一位便是張三丰。相傳張三丰不
僅道術高明,且精通武藝,有一天得到真武大帝啟示,從
觀察龜蛇互搏中發明了以道家哲學為基礎的太極拳,從而
開創了武當派。

近百年來,對張三丰以上這種傳奇形象的塑造和傳播,與
小說、電視、電影等等流行文化不無關係,而金庸武俠小
說絕對是這過程中重要推手。張三丰首次出現在《神鵰俠
侶》最後一回〈華山之巔〉,而在續集《倚天屠龍記》中
則是一個貫穿全書的重要角色。雖然張三丰只是故事的配
角,但金庸為他提供了一個非常完整和豐富的生平,敍述
他怎樣從一個卑微的少林寺雜役,無意之間學得上乘內
功,直到離開少林寺之後自學成才,最後到了《倚天屠龍

記》故事主要情節發生時成為當世武學的頂峰。身為武當派開山祖師,張三丰是故事中「武當七俠」宋遠橋、俞蓮舟、俞岱巖、張松溪、張翠山、殷梨亭、莫聲谷的師父,更是《倚天屠龍記》男主角張無忌的太師父。

張三丰的傳奇故事從明初至今流傳了六百多年,歷來對於當中孰真孰假,本來已經爭論不休,如今金庸在原來的傳奇故事上把張三丰寫得更加活靈活現,就使一般人更難分清楚這個人物的事蹟哪一些是事實,哪一些是虛構。

第一節　小說形象

若要比較小說和歷史的張三丰,就有需要為大家回顧小說的情節。

張三丰是連接《神鵰俠侶》和《倚天屠龍記》的人物,而這個角色的一個作用是引出有關內功秘笈《九陽真經》的情節。話說故事中張三丰原名張君寶,小說中並沒有交待他的身世,只說他六七歲時就到了少林寺,在藏經閣跟着覺遠作雜役,做些掃地烹茶的工夫。覺遠稱當時少林寺方丈天鳴為師叔,可以說輩份不低,但監管藏經閣只是份閒職,加上他也沒有學武,在寺中只是一個普普通通的僧

人。不過對於志願研習佛理的覺遠來說，能夠天天翻閱經書實在再好不過，而他其餘時間就用來悉心養育和教導張君寶。覺遠沒有讓張君寶剃度做小沙彌，但與他以師徒相稱，而事實上兩人的關係更像一對父子。

可是，誰也不會想到監管藏經閣這種「低風險」工作，也可引起一場武林風波。事緣覺遠在整理經書時，發現四卷梵文《楞伽經》夾縫中抄寫了一部《九陽真經》，他當作是前人留下來強身健體之法，熟讀記誦，依法修習，並選取了部分傳授予徒弟張君寶，卻沒想到兩師徒所練的竟是上乘內功。覺遠久居叢林，完全不通世務，故事中的反派瀟湘子、尹克西就利用他的慈悲心腸混入藏經閣盜寶，而當他們在探知到《九陽真經》的驚世秘密之後，就立即趁機把四卷《楞伽經》搶走。覺遠為了勸服兩人「還書」，惟有帶着徒弟張君寶從河南嵩山一路追到陝西華山，結果就遇上剛剛參與完第三次華山論劍的神鵰大俠楊過和其他高手。雖然張君寶用楊過臨場教授的「推心置腹」、「四通八達」、「鹿死誰手」三招打敗了尹克西，但兩個反派早就把經書藏了起來。

金庸創作《九陽真經》的情節頗有諷刺意味。其他人眼中的武功秘笈，在醉心佛法的覺遠眼中只是「教人保養有色

有相之身」的「皮相小道」。不過，既然覺遠心性這樣明悟，那麼又為何執着要取回那一套《楞伽經》呢？原來故事中那套《楞伽經》是與少林寺開山祖師達摩有關。古代天竺人把佛經刻寫在貝葉棕的葉上，世稱貝葉經，故事說昔日達摩從天竺東來時就帶着一套梵文貝葉《楞伽經》，後來少林寺僧人以貝葉不好保存，就把它的原文謄寫到紙上重新裝釘成四卷，而這書自然是寺中重要的法物。真實歷史上《楞伽經》對於禪宗或少林寺來說確實有重要意義，它是禪宗初祖達摩傳法予二祖慧可（487－593）的信物。唐代僧人道宣（596－667）在《續高僧傳》記載：「初達摩禪師以四卷《楞伽》，授可曰：『我觀漢地唯有此經解，仁者依之，自得度世。』」又北宋道原（十一世紀）的《景德傳燈錄》卷三記載：「師又曰：『吾有《楞伽》四卷，亦用付汝，即是如來心地法門，令諸眾生，開示悟入。』」可惜故事中，幾百年來少林寺僧人讀《楞伽經》都只看漢文譯本，無人嘗試去翻閱梵文本，否則《九陽真經》的存在早就不是秘密。

丟失了《楞伽經》的覺遠返回少林寺後受到了重罰。好幾年後，尹克西在臨死前良心發現，拜託偶遇的「崑崙三聖」何足道去少林寺告訴覺遠《楞伽經》的下落。何足道自忖自己武功了得，去中原除了為陌生人帶個口信，也旨

在挑戰少林寺，沒料到上山後自己只能與身負《九陽真經》的覺遠和張君寶打過平手，最終敗興而歸。雖然覺遠師徒保存了少林寺的顏面，但這次比拚卻暴露了張君寶從郭襄所送的一對鐵羅漢自學羅漢拳，而當時寺規「偷學武功」形同死罪。覺遠情急之下用盡氣力帶着郭襄和張君寶逃出少林寺，結果心力交瘁，在迷糊中背出《九陽真經》後圓寂。郭襄見張君寶無親無故，吩咐他帶着自己一隻「金絲鐲兒」去襄陽投靠郭靖，但張君寶南行到湖北境內時，有感大丈夫應當自立，因為嚮往道家養生之道，所以在武當山真武觀做了道士。

在金庸小說中，張三丰不僅是絕頂高手，更是一個難得的武學奇才。他十二三歲時以楊過臨場教授的三招打敗尹克西，十六七歲時以自學的羅漢拳對上何足聖，後來沒有再拜師學藝，卻獨力開創了武當派。書中提到該派十幾種功夫，包括太極拳、太極劍、真武七截陣、綿掌、梯雲縱、武當長拳、虎爪手、神門十三劍、繞指柔劍、震山掌、純陽無極功等全都是他的發明。張三丰武學之高，興之所致，只用了兩個多時辰把「武林至尊」、「寶刀屠龍」等二十四個字的書法筆劃演化成一套武功。以上種種，加上張三丰成功培養了才德兼具的「武當七俠」，這可以解釋為何短短時日武當派在武林中可與千年古剎少林寺齊名。

常言道小說內容總是三分真、七分假，相信讀者正常都會明白《倚天屠龍記》中的《九陽真經》、武當派武功、武當七俠等離奇情節是小說家虛構，但故事中說張三丰出身少林寺、精通武藝、發明太極拳等，類似的設定亦經常出現在其他流行文化作品，那麼這些說法又有多少真實成分呢？答案可能使人詫異。除了張三丰真是一個道教人物外，有關他的出身、成長和武學的描寫絕大多數都毫無根據。可是話說回頭，正因為歷史上張三丰的生平十分神秘，所以才為小說家提供了極大的創作空間。

第二節　山野道士

「神秘」二字用來形容歷史上的張三丰可以說是再好不過。事實上，張三丰叫甚麼名、是哪裏人、是哪時出生、有哪些事蹟，從古至今沒有一個人能夠說得清清楚楚。從文獻中可以找到張三丰、張三伴、張三峰、張全式、張全一、張君寶、張玄玄、張邋遢等人物，有人說這些都是張三丰不同名號，也有人認為他們就是不同的人，更有人指他們是不同的人卻取了相似的名號。有人說他生於宋代，也有人說他生於金代，更有人說他生於元代。有人說他當過中山博陵縣令。有人說他和元初宰相劉秉忠（1216－1274）曾經同學於臨濟宗海雲禪師（1202－1257）。有人說他曾

經在河南鹿邑太清宮學道。有關張三丰的生平種種，不但
莫衷一是，且嚴格來說絕大部分說法其實都只是來自傳聞。

然而明，朝歷代皇帝都十分仰慕這位神秘道士，一直派人
尋訪的蹤跡，希望邀請他入朝一睹仙顏。洪武二十四年
（1364）明太祖朱元璋（1328－1398）命令三山高道四方
尋找他的蹤跡，到永樂五年（1407）明成祖朱棣（1360－
1424）又派遣戶科都給事中胡濙和司攝監太監朱祥專門打探
他的下落，可惜這兩次尋遍天下都一無所獲。結果《明史》
〈方伎傳〉為張三丰立傳時，對其生平也只能說「蹤跡益奇
幻」、「皆不可考」、「終莫測其存亡」。不過，即使從未找
到張三丰，但明皇室卻對他更加尊崇。天順三年（1459）
明英宗朱瞻基（1427－1464）下詔尊號為「通微顯化真人」，
成化二十二年（1486）憲宗朱見深（1447－1487）下詔尊
號為「韜光尚志真仙」，到嘉靖四十二年（1545）明世宗朱
翊鈞（1563－1620）下詔尊號為「清虛玄妙真君」。

其實在眾多有關張三丰的文獻當中，也有年代較早和較可
靠的資料，那就是道士任自垣（？－1431）編著的《太岳
太和山志》。任自垣又名一遇，號蟾宇，是江蘇鎮江府丹
陽縣人，少年時在江蘇茅山元符萬壽宮出家入道，他精通
儒書道典，擅長文墨，永樂四年（1406）奉詔入選文淵閣

參與編修《永樂大典》，至明永樂九年（1411）獲任道錄司右玄義。永樂十一年（1413）他獲時任正一天師張宇清（1362－1427）推薦出任武當山玄天玉虛宮提點，到了明宣德三年（1428）擢升為太常寺丞、提督太岳太和山，晚年致力編修了《太岳太和山志》十五卷。任自垣生活於元末明初，正是張三丰聲名最顯赫的年代，加上他在武當山擔任道官約二十年，故此可以相信他的記述是當時傳聞的第一手記錄。

《太岳太和山志》卷六有一篇約四百三十字的〈張全弌傳〉，可以說是所有張三丰傳記的「祖本」。這篇傳記可以分成上下兩個部分去閱讀。

> 張全弌，字玄玄，號三丰，相傳留侯之裔，不知何許人。丰姿魁偉，龜形鶴骨，大耳圓目，鬚髯如戟，頂中作一髻，手中執方尺，身披一衲，自無寒暑。或處窮山，或遊鬧市，嬉嬉自如，傍若無人。有請益者，終日不答一語。及至議論三教經書，則絡繹不絕，但凡吐詞發語，專以道德仁義忠孝為本，並無虛誕禍福欺誑于人，所以心與神通，神與道一，事事皆有先見之理。或三、五日一餐，或兩、三月一食，興來穿山走石，倦時鋪雲臥雪，行無常行，住無常住，人皆異之，咸以為神仙中人也。

任自垣記述的張三丰是一個行蹤不定的雲遊道士，即使久居武當山的他亦不清楚他的來歷，只說有傳他是西漢開國功臣留侯張良（？－前186）的後代。任自垣在這篇傳記的前半部分，除了描述張三丰的相貌和身材外，側重從他的生活和談吐展示其道術的高明。他炎冬酷暑都穿着同一件道衣，可以數月辟穀不食，不但居無定所，且習慣在野外露宿。他與人相處時往往意態自然，自得其樂，形象並非是溫文儒雅的文士，但當談到三教經典時候卻表現出高明的識見。

張三丰之所以有「邋遢」的外號，正是因為他「身披一衲」的打扮。後期的傳記多數把「身披一衲」改寫成「一

張三丰插圖。圖中描繪出張三丰不修邊幅山野道士的形象。（圖片來源：明王圻、王思義《三才圖會》）

笠一衲」。一個人長年戴着同一頂斗笠、穿着同一件道衣，儀容不可能整潔美觀。金庸在《倚天屠龍記》也刻意提到這個細節，他在第十回〈百歲壽宴摧肝腸〉就寫張三丰「任性自在，不修邊幅，壯年之時，江湖上背地裏稱他為『邋遢道人』」。當張三丰帶着張無忌去少林寺求醫時，兩名迎客僧人見到這名武當掌門身上「一件青布道袍卻污穢不堪。」明萬曆三十七

年（1609）刊印的《三才圖會》中張三丰傳記的插圖，描畫的就是一個穿着鬆垮道衣，肩上披着獸皮，背着一頂斗笠，身穿草鞋的山野道士。

第三節　真武大帝與武當山

《太岳太和山志》張三丰傳下半部分與武當山有關，故此在閱讀前要先認識相關背景。

如前所述，武當山是道教神明真武大帝的道場。道教認為北極紫微大帝麾下有四名十分強大的護法神明，分別是天蓬元帥、天猷副元帥、翊聖保德儲慶真君和真武靈應佑聖真君，總稱北極四聖真君、北方四元帥。這個信仰在唐宋時期已經十分流行，今日重慶大足石刻舒成岩第三號窟便有一組北極紫微大帝和北極四聖真君的石刻。現存明代《道藏》中就收錄有《太上九天延祥滌厄四聖妙經》、《四聖真君靈籤》。《四聖妙經》稱真武靈應佑聖真君是「虛危分宿，壬癸孕靈」，意思是這神明是天空上二十八宿中北方玄武七宿中虛宿和危宿的化身。真武的形象十分特別，披髮不戴冠帽，身穿鎧甲和黑袍，手執寶劍，跣足，腳踏龜蛇。由於真武大帝與北方玄武七宿有關，故此廣東地區民間亦稱呼他為北帝。

真武信仰在明代有突破發展，而這與政治事件「靖難之變」有關。事緣明太祖朱元璋（1328－1398）長子朱標（1355－1392）早逝，結果明太祖駕崩後，皇位傳予朱標長子朱允炆（1377－？），即後世所稱的明惠帝或建文帝。明太祖在位時將自己眾多兒子封為藩王，原意是拱衛皇室，但建文帝卻擔憂一眾叔父圖謀不軌，在即位後短時間內便用各種藉口削除了周、齊、湘、代、岷五國，燕王朱棣（1360－1424）心想如期坐以待斃，不如誓死抵抗，便於建文元年（1399）七月以「清君側」、「靖國難」起兵，到建文四年（1402）六月攻破首都應天府（今江蘇南京）。建文帝在應天府城破時下落不明，之後燕王朱棣稱帝，即後世所稱的太宗、成祖或永樂帝。

成祖深信自己能夠繼承大統是得到真武大帝的護佑，故此下決心要復興真武大帝的道場武當山。永樂十年（1412）六月，成祖下詔隆平侯張信（？－1442）、駙馬都尉沐昕（1386－1453）督導工程。工程先後動用軍民三十餘萬人，五個分佈山上的大型道觀於永樂十六年（1418）大致完工，包括了主峰天柱峰供奉真武大帝金像的太岳太和宮、太玄紫霄宮、大聖南巖宮、興聖五龍宮和玄天玉虛宮，形成了一個龐大的建築群。同年十二月，永樂帝下詔將武當山賜名為太岳太和山，太岳的意思是指其地位在五

嶽之上。武當山本身有七十二峰、三十六巖、二十四澗的自然風光，再加上融入自然環境的宏偉建築，使它在明代已經成為當時人進香旅遊的勝地，到 1994 年被聯合國教科文組織將其列入《世界文化遺產名錄》。

冬天的武當山紫霄宮。紫霄宮是湖北省武當山道教活動的中心。（筆者拍攝）

雖然官方文獻沒有說明，但張三丰與武當山的復興有一重隱藏的關係，而《太岳太和山志》中張三丰傳記下半部分就有相關記述：

洪武初來入武當，拜玄帝於天柱峰，遍歷諸山，搜奇覽勝。嘗與耆舊語云：「吾山異日與今日大有不同矣，我且將五龍、南巖、紫霄去荊榛，拾瓦礫，但粗創焉。」命丘玄清住五龍，盧秋雲住南巖，劉古泉、楊善澄住紫霄。又尋展旗峰北陲卜地結草廬，奉高真香火，曰遇真宮。黃土城卜地立草庵，曰會仙館。語及弟子周真德：「爾可善守香火。成立自有時來，非在子也，至囑、至囑。」洪武二十三年拂袖長往，不知所止。二十四年，太祖皇帝遣三山高道使于四方，清理道教，有張玄玄可請來。永樂初，太宗文皇帝慕其至道，致香書累遣使臣請之，不獲，後十年敕大臣創建宮觀一

新，玄風大振。自高真昇仙之後，未有盛於今日者。師之所
言，信不虛矣。

任自垣在傳記前半部分說張三丰「事事皆有先見之理」，
其實是鋪墊傳記下半部分張三丰對武當山的預言。張三丰
於洪武初年至洪武二十三年（1390）在武當山修行，當
時山上道觀大部分已經於元明之交燬於戰亂，但他預感到
「吾山異日與今日大有不同」，於是簡單修葺了紫霄宮、南
巖宮、五龍宮，又開闢了遇真宮和會仙館，並分別安排弟
子丘玄清、盧秋雲、劉古泉、楊善澄、周真德分別擔任住
持。任自垣有關張三丰的資料，很大機會就是從張三丰的
徒眾所得知。日後武當山道觀的復興完全應驗了張三丰的
預言，而明成祖特地將張三丰昔日修行的「草廬」和「草
庵」改建為玄天玉虛宮和遇真宮，據說是盼望有朝一日張
三丰重臨舊地。

在道教歷史上，張三丰往往被認為是繼呂洞賓之後影響最
大的道士。後世很多道派都尊奉張三丰為祖師，從北京白
雲觀藏 1926 年抄寫的《諸真宗派總簿》所見，與張三丰
有關的道派就有自然派、三丰祖師自然派、三丰派、三丰
祖師日新派、日新派、三丰祖師蓬萊派等。

第四節　被公認的武學宗師

從任自垣《大嶽太和山志》和明朝皇帝頒下的詔書中，都只提到張三丰道術高明，沒有片言隻語提到他精通武藝，而直到清代編修的《三丰全書》中，也沒有收錄任何與武學相關的著述，那麼為甚麼張三丰會被認為是位武學宗師呢？這與清初大名鼎鼎的大儒黃宗羲（1610－1695）有關。

黃宗羲，字太沖，號梨洲，浙江餘姚人，明亡前後參與抗清活動，其後隱居著述講學，終身不仕，世稱梨洲先生或南雷先生。湊巧黃宗羲在金庸小說《鹿鼎記》中也出過場，小說中他與顧炎武（1613－1682）、呂留良（1629－1683）、查繼佐（1601－1676）等幾位浙江大儒一同參與了以天地會為首的武林反清活動，不過金庸亦以康熙帝讚賞他的政論《明夷待訪錄》的情節，點出「韃子」也有明君。由於黃宗羲早年志在抗清反清，所以最初安排兒子黃百家（1643－1709）習武，師從一代拳師王來咸（字征南，1617－1669）。王來咸逝世後，黃宗羲為他寫了墓誌銘，而黃百家後來亦為自己老師撰寫了一篇〈王征南先生傳〉。

黃宗羲父子這兩篇文章原意是記述王來咸的生平，但時

至今日卻成為中華武術史重要的研究資料。〈王征南墓誌銘〉說：

> 少林以拳勇名天下，然主於搏人，人亦得以乘之，有所謂內家者，以靜制動，犯者應手即仆，故別少林為外家。蓋起於宋之張三峰，三峰為武當丹士，徽宗召之，道梗不得進，夜夢玄帝授之拳法，厥明以單丁殺賊百餘。三峰之術，百年以後流傳於陝西，而王宗為最著。溫州陳州同從王宗受之，以此教其鄉人，由是流傳於溫州。嘉靖間，張松溪為最著。松溪之徒三、四人，而四明葉繼美近泉為之魁。由是流傳於四明。四明得近泉之傳者，為吳崑山、周雲泉、單思南、陳貞石、孫繼槎，皆各有授受。崑山傳李天目、徐岱岳，天目傳余波仲、吳七郎、陳茂弘。雲泉傳盧紹岐。貞石傳董扶輿、夏枝溪。繼槎傳柴玄明、姚石門、僧耳、僧尾，而思南之傳，則為王征南。

黃百家〈王征南先生傳〉說：

> 自外家至少林其術精矣！張三峰既精於少林，復從而翻之，是名內家，得其一二，已足勝少林。

綜合兩篇文章，黃宗羲父子指出當其時拳術主流以「少林」為代表，講求主動攻擊，但王來咸傳承的「內家拳」

拳理截然相反，旨在「以靜制動」，但在搏擊時其威力往往勝過「外家拳」，墓誌銘便記述王來咸曾經以一人之力擊倒數十名士兵。黃宗羲父子說這種拳術是北宋末年時「武當丹士」「張三峰」在夢中得到真武大帝（玄帝）傳授而發明，換而言之到十七世紀已經流傳了五百多年。

這兩篇文字其實是黃宗羲父子為了紀念師友所寫，其內容絕大可能只是覆述王來咸生前的說法，並不能當成是嚴謹的學術文章。不過，從清代至今大部分人卻出於信服黃宗羲父子的學問，毫不猶豫地將文中「武當丹士」「張三峰」等同著名道士張三丰，並欣然接受把中華武術分為「少林」專精的「外家拳」和「（武當）張三丰」發明的「內家拳」。值得一提的是，著名武打明星李連杰於 1982 年主演電影《少林寺》而聲名鵲起，到了 1993 年他也主演過電影《太極張三丰》，可以說是把中華武術兩大代表都演了一遍。

然而，這兩篇文章有關內家拳的說法不僅前所未見，而且至今在同一時代的文獻中仍未發現類似的資料可以作為佐證。當中有幾處內容引起較大討論。第一，若果「武當丹士」「張三峰」就是明初道士張三丰，那麼這個人物從北宋末年到明代初年活了超過二百五十年，遠遠超出常理。

第二，黃宗羲提到內家拳是從張松溪、葉繼美、單思南傳
至王來咸，可是較早時沈一貫（1531－1617）撰寫的〈搏
者張松溪傳〉中卻完全沒有提過內家拳。第三，黃宗羲父
子沒有解釋「外家」和「內家」的意義，而黃宗羲形容王
來咸的內家拳旨在攻擊人身上的穴位，這與今天大眾認識
的內家拳的定義有明顯差別。可惜文獻闕如，以上幾個問
題都是難以解開的謎團。

那麼張三丰又如何從被公認為內家拳祖師，再進一步被公認
為太極拳祖師呢？談這個問題前先要認識太極拳興起的歷史。

太極拳被人廣泛認識其實不足兩百年，而當中關鍵人物是
楊露禪（1799－1872）。楊露禪是直隸永年人（今河北邯
鄲永年區），他早年從河南溫縣陳家溝人陳長興（1771－
1853）學拳，後來到了北京開館授徒，不久闖出了名堂。
當楊露禪向慕名跟他拜師的王公貴胄授拳時，考慮到他
們的體質難以練習剛勁的陳家溝拳術，於是把拳架和動
作簡化，其後他的兒子楊班侯（1837－1892）、楊健侯
（1839－1917）和孫楊澄甫（1883－1936）循這個方向繼
續發展。這種經改良的拳術不僅易於練習，而且有保健強
身的功效，因而廣受社會大眾歡迎。

一時之間，這種拳術除了楊氏外亦名師輩出，各個流派習慣以始創人的姓氏作區分，除了楊露禪定立的楊式，為人熟悉的有直接出自陳家溝拳術的陳式、武禹襄（1812－1880）定立的武式、吳鑑泉（1870－1942）訂立的吳式、孫祿堂（1861－1932）訂立的孫式等等，形成百花齊放的局面，而到了二十世紀中後期各家一致接受將其稱為太極拳。

隨着太極拳在大江南北日漸普及，不論武術家還是文化人都想探究太極拳的起源，但從二十世紀初至今一直沒有結論。一方面有人從民間拳譜、調查採訪或其他資料，提出太極拳創自王宗岳、蔣發，或陳家溝第九世陳王廷。另一方面有人認為太極拳、形意拳和八卦掌並列為內家拳三大拳種，既然太極拳是內家拳，那麼順理成章，內家拳祖師張三丰也自然是太極拳祖師。例如師從楊式太極拳第二代楊健侯的許禹生在 1925 年出版的《太極拳勢圖解》說：「元之季世有隱君子曰張三丰先生，本儒家太極之理，融會各家之長，納五行八卦於拳術步法方位之中，而以太極陰陽剛柔動靜喻其作用，提綱挈領，名為內家。」以楊澄甫名義出版的《太極拳體用全書》卷首的〈張真人傳〉，繪聲繪影地描寫張三丰如何在武當山時從蛇鵲互搏悟出「以柔克剛之理」，從而「因按太極變化，而成太極拳」。

這種講法為多數傳習太極拳的人所接受，二十世紀初的太極拳社甚至會專門舉辦慶祝張三丰誕辰的活動。

其實昔日沒有發明權和專利權的概念，加上過去的人把「述而不作」視為一種美德，故此向來習慣將一樣事物的發明附托於聖賢仙佛，藉以標榜該事物有長遠的歷史，而後來的傳承人本着「尊師重道」的精神，也不太會懷疑這些講法。內家拳或太極拳的拳理講求「以靜制動」、「以柔克剛」，正跟道家思想提倡柔弱勝剛強吻合。老子《道德經》就有說：「專氣致柔。」「天下之至柔，馳騁天下之至堅。」「強大處下，柔弱處上。」「弱之勝強，柔之勝剛。」從這個角度來看，説內家拳或太極拳是以道家哲理為基礎有一定根據，而古人將其發明附會於明代最為家諭戶曉的道士張三丰，也屬「合情合理」。若果武術家以追古懷遠的態度，認定張三丰是太極拳祖師爺，只可以説是無可無不可。不過，從二十世紀初開始，以唐豪（1896－1959）和徐震（1898－1967）為代表的武術史家就堅持實事求是，反對武術界把太極拳當作張三丰的發明。

有關內家拳和太極拳歷史錯綜複雜的程度，並不下於張三丰的傳奇故事。說到底「武當丹士」「張三峰」是否就是道士張三丰？內家拳是否張三丰發明？內家拳和太極拳是

否一脈相承？其關鍵證據僅僅來自幾篇文獻，從學術角度來看未免是孤證難明。不過，且不說真相如何，時至今日張三丰武學宗師的形象已經深入民心，或者可以看作是現代人為張三丰傳奇故事再添一筆。

第八章
內功與內丹

> 梅超風忽地心念一動，朗聲道：「馬道長，『鉛汞謹收藏』，請問何解？」馬鈺順口答道：「鉛體沉墜，以比腎水；汞性流動，而擬心火。『鉛汞謹收藏』就是說當固腎水，息心火，修息靜功方得有成。」梅超風又道：「『三花聚頂』、『五氣朝元』呢？我桃花島師門頗有妙解，請問全真教又是如何說法。」馬鈺猛地省悟她是在求教內功秘訣，大聲喝道：「你去問自己師父吧。快走，快走！」梅超風哈哈一笑，說道：「多謝道長指點。」

《射鵰英雄傳》第六回〈崖頂疑陣〉

「氣」是中華文化中最神秘的概念之一。「氣」指的不是常人一呼一吸的空氣，而是存在於人五臟六俯、四體百骸內的一種能量。千百年來，講究養性延命的人，都追求養氣、煉氣、保氣，即使一般人說到保健調理，也經常會提到元氣、精氣、血氣。不過，若果去問一個人甚麼是「氣」，相信大部分人都說不出所以然。

到了金庸武俠小說的世界中，「氣」就變得更加神奇奧妙。「氣」與「真氣」、「內力」、「內功」可以說是同義詞，若果說仔細一點，練武之人按「內功」功法鍛鍊自己的「內力」，而「內力」相當於「氣」或「真氣」。一個人的武功是否高強，既在乎招式是否精妙，也講求「內力」多少，「內力」深厚和不足的人打出同一招，威力差天共地。在《天龍八部》第三十九回中，繼承了逍遙派掌門無崖子七十年「內力」的虛竹，就單靠少林派入門功夫「韋陀掌」和「羅漢掌」就能對上吐蕃國師鳩摩智。

或者有人會說，若然「內力」這麼重要，那麼為甚麼金庸在《笑傲江湖》中還寫了華山派「氣宗」和「劍宗」相爭的情節？其實華山派之所以有「氣宗」和「劍宗」之爭，只是因為派中前人岳肅和蔡子峰對在莆田少林寺偷看的《葵花寶典》理解各有不同。說到底兩派爭論的不是偏廢「氣」或「劍」，而是兩者孰先孰後、孰輕孰重的問題。雖然在這故事中，主角令狐沖可在「內力」全失的情況下仗着「獨孤九劍」的精妙，連敗華山派「劍宗」前輩叢不棄、封不平，以及後來的嵩山派十五名殺手，但這幾場決鬥對他來講本來是孤注一擲，勝出未免出於僥倖，而他體內「真氣」混亂造成的嚴重內傷，到故事結尾還是得靠修習少林派至高深「內功」《易筋經》才能治好。

金庸對「內功」推崇備至，他筆下最上乘的武功秘笈莫不與「內功」有關，譬如少林派的《易筋經》、《天龍八部》中逍遙派無崖子的「北冥神功」、李秋水的「小無相功」、天山童姥的「天長地久不老長春功」、《射鵰英雄傳》中的《九陰真經》、全真教王重陽的「先天功」、《倚天屠龍記》中的《九陽真經》、《笑傲江湖》中華山派的「紫霞神功」、《碧血劍》中袁承志的「混元功」等。雖然在故事中這些功法屬於不同門派，但不難發現金庸對它們的描述，其實大部分都取材自道教。北冥、長春、九陰、先天、九陽、紫霞、混元固然都是道教術語，而即使「小無相功」採用佛教「無相」一詞，但書中直言它「是道家之學，講究清靜無為，神游太虛。」

為甚麼金庸寫的「內功」偏要與道教有關呢？重溫他小說中天山童姥教虛竹、全真教掌教馬鈺教郭靖、張三丰教張無忌《九陽真經》等情節，就不難找到端倪。例如《倚天屠龍記》第十回〈百歲壽宴摧肝腸〉就講到：

> （張三丰）於是將九陽神功的練法和口訣傳了無忌，這一門功夫變化繁復，非一言可盡，簡言之，初步功夫是練「大周天搬運」，使一股暖烘烘的真氣，從丹田向鎮鎖任、督、沖三脈的陰蹻庫流注，折而走向尾閭關，然後分兩支上行，

經腰脊第十四椎兩旁的轆轤關，上行經背、肩、頸而至玉
枕關，此即所謂「逆運真氣通三……」。然後真氣向上越過
頭頂的百會穴，分五路下行，與全身氣脈大會於膻中穴，再
分主從兩支，還合於丹田，入竅歸元。如此循環一週，身子
便如灌甘露，既非至陽，亦非至陰，而是陰陽互濟，調和混
元，丹田裡的真氣似香煙繚繞，悠遊自在，那就是所謂「氤
氳紫氣」。這氤氳紫氣練到相當火候，便能化除丹田中的寒
毒。各派內功的道理無多分別，練法卻截然不同。

這裏提到「大周天搬運」和「丹田」、「任脈」、「督脈」、
「尾閭關」、「轆轤關」、等名詞，並非是小說家發明，而
是改編自道教修行中的「內丹」修行理論。

第一節　煉丹起源

甚麼是「內丹」呢？這就必須從甚麼是「丹」和「煉丹」
說起。

「丹」字的原意是丹砂，也叫做硃砂、辰砂，是一種鮮紅
色的天然礦石，用現代化學術語來說其主要成份是硫化
汞，即硫和汞（水銀）的無機化合物。《說文解字》指：
「丹，巴越之赤石也。」古人很早就認識丹砂，它用途

很廣，可作藥物、顏料、染料，西漢司馬遷（公元前145−?）在《史記》的〈貨殖列傳〉就提到，秦代時巴郡的寡婦清（公元前三世紀）就靠開採丹砂致富。常說藥毒同源，丹砂就是一個最好例子，中醫以它入藥，認為可以鎮心安神，不過這味藥有毒性，過量或長期服用可引致汞中毒。丹砂也是提煉水銀的原料。由於汞的沸點不高，所以古人很容易通過加熱丹砂提煉出當中的水銀，而古人同時發現，只要通過在水銀中加入硫磺，又可以使它重新生成為丹砂。古人相信丹砂在燒煉時出現的反覆變化，如同宇宙萬物運化的規律。除了丹砂，古人同樣對黃金、白銀和鉛的化學特性和反應都十分着迷。

明唐寅《燒藥圖》。圖中描繪道士在山野僻靜的地方燒煉丹藥。(圖片來源：台北故宮博物院)

歷來道教追求成仙的方法林林總總，但從兩漢至唐代這一段相當長的時間，道士普遍相信服用燒煉礦物得到的靈丹

妙藥，可以延年益壽、長生不老，甚至得道成仙。當時道士相信「丹」的製作過程與宇宙萬物運化的規律相符，故此人服食「丹」可以與「道」共融，從而達到不朽的境界。東晉葛洪（283－343）在《抱朴子》的〈金丹篇〉便説：「余考覽養性之書，鳩集久視之方，曾所披涉篇卷，以千計矣，莫不皆以還丹金液為大要者焉。然則此二事，蓋仙道之極也。服此而不仙，則古來無仙矣。」又説「夫金丹之為物，燒之愈久，變化愈妙。黃金入火，百煉不消，埋之，畢天不朽。服此二物，煉人身體，故能令人不老不死。」這套以煉丹和服丹為中心的修仙方法，被人稱作煉丹術、金丹術或金丹黃白術，它與歐洲中世紀追求製作賢者之石（philosopher's stone）的鍊金術（alchemy）可以説異曲同工。煉丹術對中華文化有很深遠的影響，例如歷來醫家會把一些上好的藥命名為「丹」，好像大活絡丹、天王補心丹、甘露消毒丹等等，又例如成語「一人得道，雞犬升天」的典故，講的就是西漢淮南王劉安吃了神丹飛昇後，家中養的雞犬吃了剩下的仙藥，也隨之昇天。

煉丹絕非一件容易的事，煉丹家要具備專門學問、精良設備，以及大量原材料和燃料，若用今天的話來説，相當於建立和運作一個化學實驗室。花費錢財總可以湊齊設備、原材料和燃料，但煉丹學問僅是入門也不容易。歷代丹經

對煉丹要如何作屋、立壇、安爐、置鼎、蒸餾、研磨、昇華、泥法都有記載，不過煉丹家在當中刻意用上很多術語，例如用飛、抽、伏、死、制、點、轉、打、關、養、煮、煉、炙、安、研、澆等字來形容操作方法，因此即使旁人拿到一部丹經，但若果沒有師父指點必然難以理解。結果，最早從現代學術角度去破解道教煉丹術的人，不是道教專家，也不是文史學者，而是曾經留學德國的化學家陳國符（1914－2000），他著述的《道藏源流考》和《中國外丹黃白法考》均被奉為經典。

道士煉丹原本是出塵之事，可是塵凡裏有哪一個人不想得到服用後可成仙的靈丹妙藥呢？在市場「求過於供」的狀況下，世上有不惜一切去找靈藥的人，有自以為懂得做靈藥的人，也有更多專門做假靈藥去行騙的人，結果這些人在歷史上鬧出一大堆荒唐事，在此就不一一細表。尤其煉丹的原材料中不少都具有毒性，煉丹或服丹時稍有不慎，隨時適得其反。東漢時期的《古詩十九首》之一《驅車上東門》有云：「服食求神仙，多為藥所誤。不如飲美酒，被服紈與素。」這首詩的作者就勸人如其為求長生冒險去吃不明來歷的仙藥，倒不如當下吃好、喝好、穿好，肯定更加快活，而這首作品亦反映出，早在東漢時一般人大抵都知道服用丹藥的風險。

第二節　內丹術的興起

當一般人仍舊迷戀煉丹爐燒出的長生藥時，道士對煉丹卻
有了全新的體會。《道德經》第四十二章說：「道生一，一
生二，二生三，三生萬物。」根據道教教義，萬事萬物都
由大道演化而來，換而言之，萬事萬物都蘊含了「道」，
既然如此，人其實毋須借助外物，只要想辦法把自己體內
的「道」提煉和昇華就可以「與道合真」。這套修行方式
的原理是「順則生人，逆則成仙」，認為修行者通過「修
性」和「修命」，可以使人的身體以至精神發動一個被形
容為「逆」、「顛倒」或「返本還原」的過程，其結果是
使生命從「三歸二」到「二歸一」再到「一歸道」的境
界。由於這套修行方式以「修性」和「修命」為手段，所
以被稱為「性命雙修」或「性命之學」。道士在記述這類
功法時為求隱秘，刻意借用了煉丹術的術語，簡單來說，
就是把人體比喻為煉丹的器具「爐鼎」，把身中的「精」、
「炁」、「神」比喻為煉丹的原材料「藥物」，把控制意念
和調整呼吸比喻為煉丹要控制的「火候」，把修煉的成果
比喻為煉丹爐燒出的「丹」。於是乎人把這套在體內煉丹
的修仙方法，叫作「內丹」，而後來為便於區分，就把原
本以礦物為主要原料的煉丹術改稱作「外丹」。

自從「內丹」開始流行，兩宋以來道教各派大多公認它是最上乘的修仙方法，即使本身專注宗教儀式的高道也這樣認為。宋末元初編纂儀式文獻《上清靈寶大法》的金允中（十三世紀）說：「且留形住世之術，惟金丹一法最為正理，修仙之事，所當究心。自此之外，如鍊氣餐霞，服丹餌藥，收光吐納，熊經鳥伸，其類不一，而未可逕得鉛凝汞結，內就金丹。」明代初年，龍虎山四十二代天師明代張宇初（1359－1410）在《道門十規》說：「坐圜守靜，為入道之本。……近世以禪為性宗，道為命宗，全真為性命雙修，正一則惟習科教。孰知學道之本，非性命二事而何，雖科教之設，亦惟性命之學而已。」「內丹」修行得到如此重視，與它的理論明確和方法完備不無關係。

當道士視「內丹」為「正理」的同時，其他修行方法往往被貶為次等的「傍門小術」，丹書便說：「玄關大道，難遇易成而見功遲。傍門小術，易學難成而見效速。」有人說《西遊記》是一部道教小說，有其道理，作者在第二回〈悟徹菩提真妙理‧斷魔歸本合元神〉中使用一段情節去標榜「內丹」與「傍門」的高下分別。話說悟空拜入西牛賀州斜月三星洞菩提祖師門下已經七年，有一天菩提祖師就問悟空想學「三百六十傍門」中哪一門，但在逐一介紹各個「傍門」時卻接連指出「術」字門、「流」字門、「靜」

字門、「動」字門等等方法都不能長生，其作用不過有如「壁裏安柱」、「窰頭土坯」和「水中撈月」，結果悟空表示通通不學，最後菩提祖師不僅當眾罵他麻煩，還用戒尺打了他的頭三下，但這其實是暗示他三更時份來找自己學「內丹」修行。這段情節就是要指出相對於「三百六十傍門」，只有「內丹」修行才是「正理」。

第三節　「故弄玄虛」的內丹術語

對旁人來說，「內丹」顯然比「外丹」更加難懂。

一來「外丹」術語原本就非常繁複，「內丹」卻偏偏要沿用這些術語去比喻修煉的過程，例如以汞比喻心火、以鉛比喻腎水，這無疑是把資訊進行了第二次加密，而更甚者內丹家還要在當中滲入五行八卦的原理，例如「取坎填離」、「乾坤交媾」、「五氣朝元」。旁人眼中撰寫和注解丹經的人明顯是「故弄玄虛」，但道士之所以如此小心謹慎，是因為道教講究「非人不傳」，即道妙道法只能夠傳授予適當的人，而成仙方法更是天上聖真和歷代祖師傳留下來的秘密，箇中關鍵當然不能輕易外洩。前面提到的《西遊記》第二回中，菩提向悟空傳授「內丹」功法前就自吟：「難！難！難！道最玄，莫把金丹作等閑。不遇至

人傳妙訣，空言口困舌頭乾！」

二來「內丹」修煉時所發生的身體反應和精神感受，完全是修行者的個人體驗，非但難以與他人分享，更是筆墨難以形容。尤其到了修煉的最後階段，修行者面對的狀況完全與意念有關。

三來歷史上「內丹」修行也發展出不同理論，雖然說萬變不離其宗，但各派對修煉形式和步驟的看法各持己見，不同丹經對同一術語的運用也不盡相同。歷代以來，「內丹」派別主要就有以南宋紫陽真人張伯端（987－1082）為首主張「先命後性」的南派，以全真道為代表主張「先性後命」的北派，以元代瑩蟾子李道純（十三世紀）為代表主張調和南北二派的中派，以明代潛虛子陸西星（1520－1606）為代表的東派，以清代李涵虛（1806－1856）為代表的西派，以及以伍守陽（1573－?）、柳守元（十七世紀）為名的伍柳派等。

第四節　三關仙術：內丹術的步驟

若果芟繁就簡，一般人可以用以下的角度去理解「內丹」的理論和知識。

「內丹」修行是一個由「煉精化炁」、「煉炁化神」、「煉神還虛」三個階段組成的三部曲，其目標是在每一個階段逐步把體內的「精」、「炁」、「神」提煉和昇華，實踐「三歸二，二歸一，一歸道」的理論。有內丹家將這三個階段比喻為通過三個關隘，而通關難度一關比一關難，當中「煉精化炁」是下關、「煉炁化神」是中關、「煉神還虛」是上關，故此「內丹」修行又叫做「三關仙術」。

要煉丹，首要知道人體內「丹田」所在。「田」是種植農作物的地方，故此顧名思義，「丹田」是人體內產生和培養「丹」的地方，也就是「內丹」行功時意念集中的位置。內丹家認為人體有三處「丹田」，分別是頭部的「上丹田」、胸部的「中丹田」和腹部臍下的「下丹田」，三者由上而下分別主宰着「神」、「炁」、「精」。「內丹」功法把三個「丹田」比喻為「爐鼎」，也就是煉丹的器具，一般是把「下丹田」看作爐，把「中丹田」看作小鼎，把「上丹田」看

明《性命圭旨》「三家相見」圖。圖中旁題寫的是「身心意是誰分作三家」、「精氣神由我合成一箇」是內丹修煉要旨。

作大鼎。今天一般常人學習武術、唱歌和朗誦都講究運用「丹田」之氣，所指的「丹田」其實是「內丹」修行所講的「下丹田」，可見丹道文化影響的深遠。

「精」、「炁」、「神」是人體內源自先天大道的三樣元素，「內丹」功法把它們比喻為「藥物」，也就是煉丹的原材料。有人乍聽到「精」以為是指人體的內分泌或體液，乍聽到「氣」以為是指呼吸，這些想法都大錯特錯。「精」、「炁」、「神」都源自先天，都是無形無質，故此又叫作「元精」、「元炁」、「元神」。《高上玉皇心印妙經》便說：「上藥三品，神與炁精。恍恍惚惚，杳杳冥冥。」可惜的是，雖然每個人天生都有「精」、「炁」、「神」，但隨着人逐漸成長，體內這三樣先天元素會逐漸損耗，而「內丹」功法就是要想辦法把它們「還原」為先天的狀態。

「內丹」修行的第一階段是「煉精化炁」，其目的是修煉「元精」生發「元炁」。丹經形容這個階段是「有為」工夫，對其描述最為具體。人想煉就金丹，最初必須先煉神、調氣、養精，簡單來講便是調整自己的身心狀態，這樣方能夠在其後的過程集中意念，這個步驟稱作「煉己築基」。在「築基」成功以後，可開始在靜坐時使意念集中在「下丹田」，然後使之沿着奇經八脈中的任脈和督脈逆行。任

脈在身體前面，起於會陰穴，沿腹部正中上行，最後通過
咽喉和下巴到達承漿穴。督脈在身體後面，起於長強穴，
沿脊柱上行，通過後頸到達頭頂的百會穴後，再經前額下
行至鼻，最後通過人中到達齦交穴。「內丹」功法教人舌
頂上顎以連接承漿穴和齦交穴，提肛以連接會陰穴和長強
穴，這樣使任脈和督脈得以形成一個循環。修行者的意念
從「下丹田」出發，下行會陰穴，繞上長強穴，沿脊椎直
上後頸再到頭頂百會穴，再繞下到齦交穴和承漿穴，然後
沿下巴、咽喉、胸腹正中，最後返回「下丹田」。「內丹」
功法以天體循着軌跡運行比喻意念沿着經脈循環的功夫，
稱作「周天」，而「煉精化炁」與後來的步驟相比稱作「小
周天」。修行者持續鍛練「小周天」之法，日復一日，久
而久之，「下丹田」便會產生和積存了「元炁」。

修行者完成「煉精化炁」的工夫後，體內只餘下「炁」
和「神」，而到第二階段「煉炁化神」的目標是使兩者進
一步煉合為「元神」。丹經形容這個階段是從「有為」到
「無為」工夫，對其描述開始變得抽象，其方法大致是使
「元炁」反覆於「下丹田」和「中丹田」之間運行，一般
被稱為「大周天」之法。內丹家將「煉炁化神」描述為
以「下丹田」為爐、以「中丹田」為「鼎」，形容這部工
夫為「靈丹入鼎」。另一個說法，則將這個階段比喻為婦

女十月懷胎，「丹田」孕育的是「聖胎」，當到了胎氣完
滿時便可生產出「嬰兒」，亦即在「化神」功成之日煉合
出「元神」。

「內丹」修行第三階段叫「煉神還虛」，修行者於這個階
段旨在將「元神」移往「上丹田」繼續慢慢修煉，稱為「移
神內院」。丹經形容這個階段是「無為」工夫，即完全是
心性和意念上的修行，其方法可意會而不可言傳，惟追本
溯源離不開《道德經》所說的「致虛極，守靜篤」、「見
素抱朴」、「歸根」等理念。內丹家將「煉炁化神」的成
果比喻「嬰兒」，順理成章把「煉神還虛」的工夫比喻為
乳哺和養育一個嬰兒。當「嬰兒」逐漸長大，到功成之日
「元神」便可以「出竅」，即達到「還虛」的境界，至此修
行者可算是得道成仙了。「內丹」功法與大眾對道教燒香
禮拜、誦經禮懺的印象大有不同，但它並非獨立於道教信
仰體系，其理論完全建基於《道德經》和其他道經，譬如
有內丹家就對「煉神還虛」提出爭議，說大道妙有妙無，
若果修煉工夫只到「還虛」的話境界不過停滯於虛無，認
為應當要進一步追求「煉虛合道」才恰當。

提到「元神出竅」，不得不說一說八仙中鐵拐李的傳說故
事。世傳鐵拐李的形相是一個乞丐，不僅衣衫襤褸，且一

足已跛，需要拄着一根拐杖。李仙形相之所以如此不堪，是因為他於「元神出竅」前吩咐徒弟如果自己的「元神」七天還沒有回來，可以把他的肉身火化，怎料徒弟得知母親急病，為了回家探病情急之下到了第六天就把李仙的肉身燒了，結果李仙的「元神」回來時只好隨便依附在一個餓死的人身上。旁人看來，這個故事的情節十分荒唐，李仙和徒弟的行為都像犯傻一樣，但細心去想，這個故事可能是暗示對於已經煉成「元神」的仙人來說，人身真的不過是一個臭皮囊罷了。日本京都知恩寺藏有一幅元代畫家顏輝的《鐵拐仙人像》，畫中李仙就神態自若，昂視着自己「元神」踏着一縷雲煙遠去。

第五節　內丹、氣功和靜功的分別

一般人認為「內丹」、氣功、動功和靜功都是練「氣」，其實它們的意思並不相同。

從道教信仰角度來看，氣功不過是「內丹」修行的基礎版本。道士修煉「內丹」是為了使自己的生命昇華，也即是求仙，這套修行方式不但關注「氣」，更關注「神」，而一般人練習「氣功」是為了養生延命，即使較為複雜的功法也只是追求「氣聚丹田」、「小周天」，從「內丹」修行

理論來看，充其量只是停留於「煉精化炁」的階段，是只有「命功」而不講「性功」。純陽子呂洞賓在《敲爻歌》中便說：「只修命，不修性，萬劫陰靈難入聖。」

「靜功」與「動功」是相對的概念。人在練習功法時姿勢不變的叫「靜功」，相反要運動的肢體的叫「動功」。「動功」在古代多數被稱為「導引」，是結合屈伸筋骨關節和調息呼吸的功法，源遠流長，1973 年在湖南長沙馬王堆三號漢墓就出土過了一幅《導引圖》。「動功」也講運氣，到了近年多數被稱為「氣動功」、「動氣功」或「健身氣功」，常見的有「易筋經」、「五禽戲」、「六字訣」、「八段錦」等。相對來說，「靜功」表面上十分簡單，其工夫只是靜坐。世界上不同文明和宗教都有靜坐的傳統，各有特點，而道教「內丹」修行可以歸類為「靜功」的一種。中華傳統文化中在道教以外，佛教和儒家也有「靜功」。佛教稱之為「禪定」，是「戒」、「定」、「慧」三學之一。宋明理學家也提倡靜坐，認為是存心養性的方法，明代大儒吳與弼（1391－1469）就說過：「澹如秋水貧中味，和似春風靜後功。」

第六節　小說家的再發明

明白到金庸小說中「內功」的來歷後，對書中一些情節或許會有新的理解。

《射鵰英雄傳》和《神鵰俠侶》中的人物經常讚譽全真教是「武術正宗」或「武學正宗」，這難免使人會聯想到，「中神通」王重陽和他的弟子真的太厲害了，僅僅用兩代人時間為一個新門派在武林中奠定了如此高的地位。在《神鵰俠侶》第二十一回〈襄陽鏖兵〉中，郭靖勸導楊過時便說：「全真派內功是天下內功正宗，進境雖慢，卻絕不出岔子。各家各派的武功你都可涉獵，但內功還是以專修玄門功夫為宜。」原來全真教的「正宗」，講的是「內功」，這亦與歷史事實吻合，道教普遍把全真道傳承的「北派」丹功視為「正宗」。了解到這個背景，無怪書中丹陽子馬鈺僅向少年郭靖傳授二十個字：「性定則情忘，形虛則氣運。心死則神活，陽盛則陰消。」結果郭靖練了一年「內功」便略有小成。同時，也無怪梅超風即使師從「五絕」之一的「東邪」，但從桃花島偷走半部《九陰真經》多年，沒有玄門中人教導一直弄不明白經中所說的「鉛」、「汞」、「三華聚頂」、「五氣朝元」，最後要在大漠崖頂請求馬鈺道長「指點」了。

不過，金庸小說中的「內功」極像今天的高風險投資，雖然修練它可以習得「內力」，但練功時稍為分心卻會「走火入魔」，一敗塗地，而這個設定的靈感自然也同樣來自「內丹」修行。「走火」原意是指人在修煉丹功時由於意念不純，因此忽然之間呼吸雜亂造成「火候」失控，引致真氣亂竄、情緒急躁，而「入魔」是指反應嚴重至產生幻覺。金庸筆下「走火入魔」的人物比比皆是，例如梅超風強行修練《九陰真經》以致「走火」而半身不遂，明教第三十三代教主陽頂天修習「乾坤大挪移」時得知自己夫人出軌以致「走火」身亡，明教青翼蝠王練「內功」時「走火」而要靠飲人血維生等。此外，《射鵰英雄傳》結尾部分，黃蓉誤導「西毒」歐陽鋒逆練《九陰真經》後再加以言語刺激，結果歐陽鋒突然精神失常，此後一直瘋瘋癲癲，其實正是「走火入魔」的表現。

金庸在《射鵰英雄傳》中通過全真教已經把「內功」寫得太神妙，若果之後的作品一直重覆這類情節，難免就缺乏新意了，故此可看出他在後來幾部長篇作品中都另有構思。在《神鵰俠侶》中，王重陽的知己、古墓派開山祖師林朝英發明的《玉女心經》，要求二人「同練」、「合修」，於是書中有了小龍女和楊過一絲不掛藏身花叢練功的經典情節。這個橋段看怕是啟發自個別丹派提倡「男女雙修」

之法。再後來寫《倚天屠龍記》，他則強調「陰陽並濟」的《九陽真經》勝過只講「以陰勝陽」的《九陰真經》。又再後來寫的《天龍八部》，則出了逍遙派的「北冥神功」和其仿冒版星宿派的「吸星大法」，這時練武之人的「內功」更變成可以在人體之間轉移了。以上幾部作品的主角，均有緣修習秘笈而擁有深厚「內力」，但到了《笑傲江湖》時，主角令狐沖在大半部書中卻是一個得了「真氣混亂症」的病人，以致每場打鬥都只能以獨孤九劍劍技和對手性命相搏，未知這是否金庸在調侃自己的人物設定了！由此亦可見小說家的想像，較之宗教修行的神秘有過之而無不及。

第九章
中國摩尼教與明教

> 張三丰於魔教的來歷略有所聞，知道魔教所奉的大魔王叫做摩尼，教中人稱之為「明尊」。該教於唐朝憲宗元和年間傳入中土，當時稱為摩尼教，又稱大雲光明教，教徒自稱明教，但因摩尼之「摩」字，旁人便說稱之為魔教。他微一沉吟，說道：「常英雄……。」

《倚天屠龍記》第十一回〈有女長舌利如槍〉

> 此後明教教眾果然在各地攻城掠地，創下好大基業。朱元璋、徐達、常遇春等一干人攻下應天府，建為都城，朱元璋才稱「吳王」，不敢稱帝。歷史明文記載，有書生向朱元璋建議：「高建牆、廣積糧、緩稱王。」其實是因明教有聖火令第一大令之約束，朱元璋後來要脫離明教、不受聖火令規範，這才開國稱帝，封官贈爵。那都是後話了。

《倚天屠龍記》第二十五回〈舉火燎天何煌煌〉

除了佛教和道教外，金庸小說中着墨最多的宗教，是一個在現實中已經不存在的宗教——明教。嚴格來說，明

教是指摩尼教在中國本土化後的孑遺。摩尼教於三世紀發源於波斯，其教義綜攝諾斯底主義、瑣羅亞斯德教、基督教、佛教，在歷史上曾經在亞洲、歐洲和非洲流傳，然而它在各地往往受到政治或其他宗教嚴厲打擊，最終湮沒無聞。摩尼教於盛唐時從西域傳入中國，機緣下一度興盛，直到唐會昌年間（841－846）受到「滅佛」政策殃及而衰落。此後摩尼教在中國雖然仍有活動，但它在各方面都越來越本土化和民間化，最終融合佛教和道教演變為一種民間信仰，稱為明教、明尊教、明教會。

金庸早在《射鵰英雄傳》中已經提到明教，但這個教派直到《倚天屠龍記》才正式出場。在小說中，明教被稱為「魔教」，故事其中一條主線是自詡名門正派的六大派與「魔教」的鬥爭。主角張無忌身處這場鬥爭的夾縫中，他的父親是武當派祖師張三丰親傳弟子「銀鈎鐵劃」張翠山，母親卻是明教護教法王白眉鷹王殷天正的女兒殷素素，而義父則是另一位護教法王金毛獅王謝遜。張無忌在這個家庭成長有嚴重的身份認同危機，長大後終究要捲入這場鬥爭，在光明頂協助明教擊退六大派後，被推舉為該教第三十四代教主。金庸在小說中後段不但沒有讓主角「回歸正途」，除了讓他成為一個出色的「魔教」教主外，更要他戀上敵對的元朝貴族敏敏特穆爾（趙敏）。小説中

其餘的人物亦往往表裏不一、行事乖張，作者或想藉以指出要判斷一個人所謂是正是邪，並不能單靠他的身份和表面去斷定。

關於明教這個陌生的宗教，金庸主要在第十九回〈禍起蕭牆破金湯〉和第二十五回〈舉火燎天何煌煌〉中分別借用「布袋和尚」說不得和「光明左使」楊逍與張無忌的對話作介紹。書中指源於波斯國的明教本名摩尼教，又稱為祆教，於唐代傳入中土，寺院名為大雲光明寺。明教崇拜的明尊既是火神，也是善神。教義提倡行善去惡，眾生平等，故此教眾致力救濟貧眾，不茹葷酒，因為相親相恤，所以在抵受不住官府壓迫時往往揭杆起事，北宋末年起事的方臘（？－1121）便是其教教主。明教重視代表明尊的「聖火」，歷代教主就以「聖火令」為傳代信物。當六大派圍攻總壇光明頂時，教眾最擔心的不是自己性命，而是「聖火」被熄滅。危急關頭明教和天鷹教教眾準備殉教時唸誦的經文，可以說是該教信仰的精義。

> 焚我殘軀，熊熊聖火。生亦何歡，死亦何苦？為善除惡，惟光明故。喜樂悲愁，皆歸塵土。萬事為民，不圖私我。憐我世人，憂患實多！憐我世人，憂患實多！

當少林派四大神僧之一的空智大師和武當七俠之一的俞蓮舟聽到他們誦唸這段經文時，都感嘆明教教義如此大慈大悲，為何會淪落成為非作歹的「魔教」。

故事中也詳細講述了明教的組織。明教總教在波斯國，但中華明教已經獨立發展數百年。中土明教以教主為首，轄下有左右光明使者、四大護教法王、五散人、五行旗，而光明頂的教眾又分為天、地、風、雷四門。天和地字門分別是漢人男教眾和女教眾，風字門是出家的僧人和道士，而雷字門則是西域人教眾。中土明教基本上脫離了波斯總教，故此第三十三代教主陽頂天在遺書中便直言，不會聽從波斯總教要求服從蒙古政權的無理命令。歷史上率元末民變領袖周子旺、彭瑩玉、韓林兒、韓山童、劉福通、徐壽輝、郭子興、朱元璋、徐達、常遇春等，在書中通通都被說是明教或其分支信眾，或受其號召才成為反元義師。

金庸以元代末年和明教作為小說的題材並非偶然，應是受到較早時著名歷史學家吳晗（1909－1969）研究的啟發。吳晗於 1941 年在《清華學報》發表〈明教與大明帝國〉，提出中國歷朝歷代國號或是起事地名，或是爵邑封號，或是追溯前朝，惟獨明太祖朱元璋（1328－1398）以「明」

為國號不符合這幾個原則。他繼而指出元末民變以民間信仰中「彌勒降生」、「明王出世」為口號，其中「明王」概念來自明教經典《大小明王出世經》。朱元璋以「明」為國號正是承襲自民變領袖韓山童（？－1351）、韓林兒（1340－1366）父子「明王」的稱號。吳晗這個創新的說法在學界產生了相當的影響，但由於欠缺任何直接的文獻證據支持，因而學界圍繞這個課題展開了長時間的討論。

第一節　三夷教之一摩尼教

談到中國摩尼教或明教，有必須要同時提及瑣羅亞斯德教和景教。這三個宗教今人總稱為「三夷教」，它們同樣經絲綢之路從西域傳入中國，同樣活躍於七至九世紀，最後同樣於唐代被「會昌滅佛」牽連遭受嚴重打擊而走向衰落。由於這三個宗教在中國歷史上實在太過類似，所以對於唐末以後僅從文獻或其殘存認識它們的人來說，總是混淆不清，例如北宋僧人贊寧（919－1001）在《大宋僧史略》中便把三個宗教合稱為「大秦末尼火祆教法」。

瑣羅亞斯德教是波斯歷史和文化上非常重要的宗教，以該教創始人為名。瑣羅亞斯德漢語又音譯為蘇魯阿士德、蘇魯支、查拉圖斯特等等，一般認為他於前七世紀末生於波

斯米底王國一個貴族家庭。瑣羅亞斯德於三十歲時獲得神
明啟示，提出了一種與當時多神信仰完全不同的宗教思
想，指出宇宙是代表光明的善神和代表黑暗的惡神永無止
盡的爭鬥，最初光暗分離，然後善神和惡神鬥爭，最後善
神會戰勝惡神，光暗再次分離。瑣羅亞斯德認為人通過信
仰至高神、光明神、善神阿胡拉・馬茲達，死後靈魂才可
以得到救贖進入光明的樂土。瑣羅亞斯德教這套將宇宙
萬物分為兩個對立面的思想被稱為「二元論」。瑣羅亞斯
德教以火象徵善神，故此在禮拜場所和儀式中點燃「聖
火」，其他人因而把它稱為「拜火教」。瑣羅亞斯德教不
但是波斯阿契美尼德王朝（Achaemenid Empire）、薩珊
王朝（Sassanid Empire）國教，且傳入中亞粟特人地區。
北朝時不少粟特人來中原經商為官就把瑣羅亞斯德教傳入
中國，當時人專門以從「示」從「天」造出「祆」字來指
稱該教，故此中國文獻上稱為祆教或火祆教。後來，瑣羅
亞斯德教在波斯的宗教角色被後起的伊斯蘭教取代，部分
堅信瑣羅亞斯德教的波斯人移居至印度西海岸，世稱帕西
人（Parsis，又音譯作巴斯人）。十九世紀以來不少帕西
人來華經商，其中一部分在英佔香港立足，對香港早期發
展有一定影響。

基督教會因為神學分歧在歷史上經歷過多次分裂，其中於

431 年第一次厄弗所大公會議（Council of Ephesus）後分裂出的東方教會，於唐代傳入中國時被稱為景教。這次早期分裂主要緣於教內對耶穌基督「位格」的不同看法，以君士坦丁堡大主教聶斯脫利（Nestorius, 386－451）為首的一方認為耶穌神性、人性並存於肉身內，故此生育耶穌的瑪利亞只是耶穌的母親，而非天主的母親，只應尊號為「耶穌之母」而非「天主之母」，相反大公會議主流則認為耶穌是「二性一位」，故此禮敬瑪利亞為「天主之母」並無問題。聶斯脫利在這次大公會議被判為「異端」，引致認同他看法的教士和信眾向東出走，以波斯為中心自立門戶。這派教會被籠統稱為東方亞述教會或聶斯脫利派教會，後來它繼續向東傳播至印度、中亞，至唐貞觀九年（635）由教士阿羅本（Alopen Abraham）傳入中國，當時教名譯作景教。唐建中二年（781）在長安豎立的《大秦景教流行中國碑》是這段歷史的珍貴見證。1994 年羅馬天主教會與與東方亞述教會簽署聯合聲明才算放下兩者的神學分歧。

祆教和景教雖然在唐朝境內有所活動，但信眾以胡人為主，並未在證據顯示它們在漢人社會裏扎根，相比之下摩尼教在中國有較大的聲勢和影響，並且是宋元明前期民間社會流行明教的前身。

摩尼教以創始人摩尼為名。摩尼古代又漢譯作末尼、末摩尼，於 3 世紀初在波斯阿爾薩息王朝（Arsacid Empire）一個信仰猶太基督教支派淨洗派（Elcesaites）的貴族家庭出生，他自稱十二歲時受到神明啟示，得出一套以「二宗三際」為基礎的新宗教思想，直到二十四歲時公開傳播這個信仰。所謂「二宗」是指宇宙永恆存在光明和黑暗兩股力量，而「三際」是指初際（過去）、中際（現在）、後際（未來）三個階段。初際時光明與黑暗完全分離，光明之主明尊主宰的光明世界充滿光明、善良、潔淨，相反魔王主宰的黑暗世界充滿黑暗、邪惡、混亂。中際時魔王率領眷屬入侵光明世界，為此明尊三次召喚眾神迎戰，過程中光暗混合產生了現實世界和各類生命，而人類其實是光明力量形成的靈魂被禁錮在黑暗力量形成的肉體中，可以說是魔王的一個詭計。光明之主為拯救人類的靈魂，使一切失落的「光」回歸光明世界，先後派遣瑣羅亞斯德、佛陀、耶穌等光明使者到世上宣揚真理，而摩尼則是最後一位光明使者。只要所有人致力向善趨向光明，終有一日大部份靈魂已經得到救贖，屆時世界就會進入「末際」，天地萬物將在一場熊熊烈火中毀滅，所有光明分子盡歸光明世界，而黑暗世界將會被永遠隔絕和封印。

摩尼最初沒有選擇在波斯的中心城市立足，反而選擇在東

部邊境的土蘭（Turan）和莫克蘭（Makran）地區開始傳播自己的信仰，甚至到達過印度河地區。摩尼先得到地方上一些王公的信服，再被引薦予薩珊王朝的沙普爾一世（215－270）。當時薩珊王朝以瑣羅亞斯德教為國教，但摩尼和其信仰卻意外得到沙普爾一世和繼位的霍爾木茲一世（?－271）庇護。這段時期摩尼精心創設了其信仰的教義、經典、儀式和組織，尤其為確保自己的信仰可以正確傳承，他親自撰寫了七部經典。根據唐代漢譯它們分別是：（一）《徹盡萬法根源智經》，現代意譯為《福音書》；（二）《淨命寶藏經》，現代意譯為《生命寶藏》；（三）《律藏經》又稱《藥藏經》，現代意譯為《書信集》；（四）《秘密法藏經》，現代意譯為《秘密》；（五）《證明過去教經》，現代意譯為《傳奇》；（六）《大力士經》，現代意譯為《巨人書》；（七）《讚願經》，現代意譯為《聖詠集》。

同時，摩尼考慮到向不識字的基層人民傳教的需要，又親手繪製了一幅《大二宗圖》。與其他宗教相比，摩尼教是少數於創始人在世時各方面已經一應俱全的宗教。摩尼在王朝庇護下，積極派遣弟子在波斯境內外傳教。

即使用今天的眼光來看，摩尼教教義仍然相當獨特。在一篇粟特語寫成的譬喻文中，摩尼教眾將自己的宗教比喻為

博大無垠的「世界之海」，而此前的各大宗教教派只是一
條條河流，最終它們將匯流入海中。摩尼提出的「二宗三
際」明顯脫胎自瑣羅亞斯德教，而承認耶穌是至高神的兒
子則源自基督信仰。摩尼教教規以如何趨向「光明」為宗
旨，教士階層的教規尤為嚴格，例如因為生殖繁衍變相滋
長了黑暗力量，所以完全禁止男女之事；因為植物比動物
富有光明份子，所以吃素，尤好瓜果，而不吃肉、乳、酒
和發酵物，但教士階層又不能耕作和採集，以免傷害植物
的光明份子。

惟好景不常，霍爾木茲一世的繼任人巴拉姆一世（？－
274）下令拘捕和監禁摩尼。數年後，他及瑣羅亞斯德教
祭司以摩尼自稱為耶穌的繼承者，決定以釘十字架形式將
他處決，然後再剝皮示眾。從此，摩尼教在波斯幾乎一直
受到薩珊王朝和瑣羅亞斯德教打擊，大量信徒被迫外逃。
不過信眾四方八面流散，反而迫使它一方面向西傳至小亞
細亞和地中海周圍地區，另一方面向東傳至中亞，最後傳
至中國。值得一提的是，基督教歷史上名列「教會聖師」
的重要神學家，出生於北非的希波（Hippo）的主教奧古
斯丁（Augustine, 354－430）於青年時就曾經信仰摩尼教
九年。

摩尼教在西方與波斯本土同樣命途多舛。對於羅馬帝國來說，源自敵對勢力波斯的摩尼教的傳教活動惹人懷疑。羅馬帝國皇帝戴克里先（Diocletian, 244－312）曾經發佈敕令要燒死摩尼教教士、焚毀摩尼教經典，而信眾也要被斬首及抄沒財產。而對於基督教會來說，把耶穌只看作是先知之一和攝取其信仰成份的摩尼教無疑是一種「異端」。歷來教會領袖對摩尼教都極為警剔，把打擊摩尼教這個「異端」看作重要任務。一般認為在政治和其他宗教雙重打擊下，西方的摩尼教於六世紀日漸式微以至絕跡。

相對於在西方，摩尼教在東方的發展方向和命運截然不同。中亞自古以來是一個多元民族和文化匯聚的地區，摩尼教信仰較為適應這種人文環境，而相對來說它在東方的佛教色彩也愈來愈濃烈。摩尼教從波斯向東北一路進入了粟特人生活的索格底亞那（今烏茲別克一帶）之後，於六世紀後半期當地教團的規模甚至壯大至脫離波斯總教廷，自稱電那勿派（Denawars）。把摩尼教從中亞傳入西域和中原的應是這個支派的教士。

由於對文獻的不同認可和理解，所以摩尼教何時傳入中國有各種說法。根據明代何喬遠（1558－1632）《閩書》，摩尼教教士於唐高宗時已經入華。南宋僧人志磐（十三世

紀）《佛祖統紀》則指，唐延載元年（694）武則天（624－
705）接納了一位持《二宗經》入朝的摩尼教教士。北宋
初年編集的《冊府元龜》記載，開元七年（719）吐火羅
國王將一位通曉天文、「智慧幽深，問無不知」的摩尼
教教士引薦予唐玄宗李隆基。摩尼教傳入中原最有力的
證據，是當代敦煌出土唐開元十九年（731）摩尼教士奉
詔在集賢院譯出一部闡述該教教義的《摩尼光佛教法儀
略》。大抵當時摩尼教傳教活動漸趨活躍並惹起了爭議，
唐玄宗李隆基（685－762）於開元二十年（732）七月
下詔：「末摩尼法，本是邪見，妄稱佛教，誑惑黎元，宜
嚴加禁斷。以其西胡等既是鄉法，當身自行，不須科罪
者。」直指摩尼教是「邪見」並只容許它在胡人之間流
傳，而禁止它向漢人社會傳播。學者對於這條敕令中指摩
尼教「妄稱佛教」有不同理解。有認為當時摩尼教刻意披
上佛教外衣，但反而引起崇信道教的唐玄宗李隆基反感，
又有認為從《儀略》所見，當時教士正在傳揚摩尼教真實
面向，使唐玄宗判斷該教是「附佛外道」的本質。

摩尼教欲進入中國的希望並沒有斷絕，反而在數十年後迎
來了曙光。唐寶應元年（762）唐代宗為了結束安史之亂，
邀請回鶻汗國牟羽可汗（？－780）出兵協助收復洛陽。事
後牟羽可汗在洛陽遇見了睿息等四位摩尼教教士，並於次

年將他們帶回漠北。根據《回鶻九姓可汗碑》介紹，這四位摩尼教教士：「闡揚二祇，洞徹三際。」「妙達明門，精通七部，才高海嶽，辯若懸河。」他們不但使牟羽可汗摒棄薩滿信仰而立摩尼教為國教，更促使回鶻風俗大變，碑文形容當地「薰血異俗，化爲蔬飯之鄉；宰殺邦家，變為勸善之國。」綜觀摩尼教歷史，它唯一在回鶻汗國得到了國教的地位。其後，回鶻汗國憑着對唐朝的政治和軍事影響，多次讓摩尼教眾隨行入使唐朝，又協助摩尼教要求在唐朝境內建寺，據文獻記載最少在長安、洛陽、荊州、揚州、洪州、越州、河南府、太原府等地都建有大雲光明寺，可以說是盛極一時。

摩尼教與回鶻汗國可以說是命運相依。唐開成五年（840），回鶻汗國被北方的黠戛斯汗國擊敗，後來部份政權從漠北西遷至吐魯番盆地形成高昌回鶻。雖然高昌回鶻王室仍然一直崇奉摩尼教，並使高昌於其後幾個世紀成為世界上摩尼教信仰的中心，但漠北回鶻汗國的衰敗使摩尼教在唐朝霎時失去了靠山，在唐朝境內形勢急轉直下。宰相李德裕（787－849）起草致回鶻的國書中便說：「近各得本道申奏，緣自聞回鶻破亡，奉法因茲懈怠，蕃僧在彼，稍似無依。」（〈賜回鶻可汗書意〉）這時已開始重新禁制摩尼教。到了唐會昌三年（843），唐武宗再下令

充公境內回鶻人和摩尼教的物業和財產。加上同時期滅佛政策下，瑣羅亞斯德教、景教和摩尼教三個來自西域的宗教同樣被列為消滅對象，部分文獻記載摩尼教教士被迫還俗或被殺。摩尼教在中國公開傳教的事業至此不但毀於一旦，且難以再與西域摩尼教教團聯繫，再度振興的機會渺茫，但倖存的虔誠信眾卻致力掙扎求存。

從唐代末年起中國摩尼教發展走上另一方向，主要集中在民間社會發展，並逐漸改為自稱明教。1979 年福建泉州草庵就出土刻有「明教會」字樣的宋代褐釉瓷碗。明教這個名稱可以説凸顯了摩尼教「教闡明宗，用除暗惑」的教義。從五代兩宋文人、道士和僧人的記述所見，這段時期明教發展頗為活躍。例如北宋真宗時道士張君房受命編修《大宋元宮寶藏》時，按朝廷旨意收入了福州人林世長向朝廷進獻的《明使摩尼經》。《海瓊白真人語錄》記錄了全真南宗祖師道士白玉蟾解答弟子彭耜「鄉間有吃菜持齋以事明教」是否「太上老君之遺教」的提問。著名文學家陸游（1125－1210）曾經任官福建，直言：「閩中有習左道者謂之明教，亦有明教經甚多。」南宋僧人宗鑑（十三世紀）《釋門正統》批評傳習《二宗經》是「事魔妖教」、「左道」、「魔黨」，而志磐（十三世紀）的《佛祖統紀》則批評「明教會」「皆假名佛教以誑愚俗，今摩尼尚扇於

三山」。此外，目前學者已經發現福建泉州草庵、浙江寧波崇壽宮、溫州平陽潛光院、蒼南選真寺等摩尼教寺院遺址。若果明教活動隱匿，就不會引起道士和僧人那麼多留意和批評。

約從北宋末年起明教往往被指控為「吃菜事魔」的亂黨。北宋政和四年（1114）有大臣上奏，指浙江溫州明教有過度非法聚集之行為。

> 溫州等處狂悖之人，自稱明教，號為行者。今來明教行者各於所居鄉村，建立屋宇，號為齋堂。如溫州共有四十餘處，並是私建無名額堂。每年正月內取歷中密日，聚集侍者、聽者、姑婆、齋姊等人建設道場，鼓扇愚民男女，夜聚曉散。明教之人，所念經文及繪畫佛像，號曰《訖思經》、《證明經》……已上等經佛號，即於道釋經藏並無明文。該載皆是妄誕妖怪之言，多引爾時明尊之事，與道釋經文不同。至於字音，又難辨認，委是狂妄之人偽造言辭，誑愚惑眾，上僭天王太子之號。（《宋會要輯稿》）

這時朝廷立即下令禁制，但北宋宣和二年（1120）在浙江爆發的方臘起事便被指與明教有關。大約這時起明教開始被冠上「吃菜事魔」的稱號。所謂「吃菜」是既指信眾吃素，也指組織的齋堂，「事魔」是指崇拜魔王邪說，這既

是對「摩尼」的蔑稱，也是從儒、釋、道三教角度對摩尼教信仰的否定。然而「吃菜事魔」禁之不絕，南宋紹興四年（1134）便有大臣陳奏：「方臘以前，法禁尚寬，而事魔之俗猶未至於甚熾。方臘之後，法禁愈嚴，而事魔之俗愈不可勝禁。」明教與民變的合流，可以説是宗教信仰激化了人民對政權的反抗，這種趨勢一直延續到元末民變。

第二節　摩尼教在中國的遺物

由於摩尼教在歷史上已經滅絕，加上經典全部散佚，所以於二十世紀前學者只能夠從古代基督徒和穆斯林的記載中間接了解該教的歷史和信仰。這些主流宗教以打擊摩尼教為己任，它們信眾對摩尼教的記述自然難免有失實、偏頗甚至詆毀的成分。現在世人得以重新認識摩尼教，實在有賴於過去一百年一連串重大的考古發現，當中包括：（一）二十世紀初德國考察隊在吐魯番發掘出多種文字和語言的摩尼教文獻抄本殘片和壁畫；（二）甘肅敦煌莫高窟藏經洞出土的漢文抄本《摩尼光佛教法儀略》、《摩尼教殘經》和《下部讚》；（三）1920 年代在埃及中北部法尤姆（Fayyum）西南麥地納－馬地（Medinet Madi）出土的科普特語抄本；（四）在阿爾及利亞特貝薩（Tebessa）發現

的拉丁文抄本等。可惜的是，上述這些出土文獻多數是殘卷，學者至今仍未能夠復原任可一部摩尼親撰的經典。另外，日本私人收藏的一幅元代絹布彩繪其構圖和內容被認為改編自《大二宗圖》。

相較於考古出土的文獻抄本，使人意想不到的是在福建重新發現了不少與摩尼教相關的事物，當中最重要的莫過於草庵和浦霞文書。

草庵被稱為世界上唯一保存完好的摩尼教寺院遺址。草庵位於福建省泉州市晉江市羅山鎮，雖然當地人都覺得內裏供奉的造像形象怪異，但一直以該處是一座佛寺。1923年僧人瑞意和廣空曾經籌資修復。1933至1938年間著名的弘一法師（俗名李叔同，1880－1942）曾經三次在該庵弘法和養病。當時學者從何遠喬《閩書》卷七〈方域志〉發現「會昌滅佛」後有摩尼教教士呼祿法師將信仰傳入泉州，在華表山山麓有元代興建祭祀摩尼佛的草庵。泉州當地出身的學者吳文良（1903－1969）據此反覆考察，最終確認該處建築正是書中記載的草庵。

草庵有兩大摩尼教遺物。第一是庵後岩壁上的浮雕摩尼像。該像在岩壁上開鑿約直徑一百七十公分的圓形神龕

內，面龐圓潤，下巴有兩縷長鬚垂至胸前，身披寬袖法衣，胸前有一組結飾，盤坐在蓮花座上，身後有十八條蜿蜒向外的光芒。根據造像左上方的題記，該像是元至元五年（1339）信士陳真澤出資雕鑿。第二是庵前明正統十年（1445）的摩崖石刻，其文為：「勸唸：清淨光明，大力智慧，無上至真，摩尼光佛。正統乙丑年十三日。住山弟子明書立。」其中「清淨光明」至「摩尼光佛」十六個字為大字。其後兩塊同類碑刻殘件亦在莆田市涵江區和荔城區高北鎮發現。

「清淨光明」等十六字既是明教傳承摩尼教信仰的明證，也凸顯了它本土化的性質。前八個字「清淨」、「光明」、「大力」、「智慧」分開來理解平平無奇，但這四個詞連用其實其是光明之主的屬性和摩尼教信眾追求的境界，可以說是摩尼教義。參照敦煌莫高窟藏經洞出土的漢文寫經《下部讚》，當中就有「清淨光明大力惠，我今至心普稱嘆。慈父明子淨法風，並及一切善法相」。「清淨光明力智惠，慈父明子淨法風。微妙相心念思意，九數電明廣大心」等句。前引述南宋道士白玉蟾解答弟子彭耜時，形容明教「大要在乎『清淨光明』、『大力智慧』八字而已。」至於「無上至真」是道教用語，而「摩尼光佛」本是佛教名號。混合摩尼教、道教、佛教用語的十六個字以四言偈

形式整合在一起，正正反映了明教的特點。

霞浦文書是福建省摩尼教的另一個重大發現。所謂霞浦文書是指 2008 年省會福州市以北寧德市霞浦縣博物館人員，在該縣柏洋鄉上萬村發現法師所保存清代至近代的大批民間信仰儀式文書。這些儀式文書表面上近似道教，但內容十分駁雜，字裏行間竟然有不少摩尼教成份。例如儀式中列舉那羅延佛、蘇路支佛、釋迦文佛、夷數和佛、摩尼光佛等「五佛」名號，讚頌：「那羅初世人，蘇路神門變。釋迦托王宮，夷數神光現。摩尼大法王，最後光明使。出現于蘇鄰，救我有緣人。」這裏那羅延指印度婆羅門教某位先知、蘇路支即瑣羅亞斯德、釋迦即釋迦牟尼、夷數即耶穌，所謂「五佛」即身為最後光明使者的摩尼與他承認在自己之前這四位光明使者。又學者於 2014 年在寧德市屏南縣降龍村發現了類似的儀式文書。這類文書只能說有摩尼教成分，並不能夠證明摩尼教或明教在中國一直延續至清代或今天，但它們的流傳足以反映歷史上該教在福建留下了極為深刻的痕跡。

當代對摩尼教研究到了二十世紀後期才日漸蓬勃，金庸於 1961 年寫《倚天屠龍記》時不可能對摩尼教或明教有真正深入的認識和理解。如同宋人把同樣從西域傳入的祆

教、景教和摩尼教混為一談，他筆下的「明教」是祆教和摩尼教混合體，信眾既信仰「明尊」又專事聖火，當中信眾唸誦「熊熊聖火」的經文為讀者留下最深刻的印象。又小說中明教大部分教眾既可結婚生子，也可飲酒吃肉，顯然不符合正宗摩尼教教規，更遑論真實歷史中摩尼教早就在波斯覆滅了，不可能存在甚麼「總教」。不過《倚天屠龍記》裏明教脫離波斯總教而完全本土化，信眾以漢人為主，又可以說與歷史上明教的實況呼應。無論如何，憑藉金庸小說的影響，這個原本只是少數學者研究對象的宗教，才得以進入了大眾視野。

主要參考資料

1. 王媛媛:《從波斯到中國:摩尼教在中亞和中國的傳播》。北京:中華書局,2012。

2. 石釗釗:〈利貞皇帝的冠服:讀大理國描工張勝溫《畫梵像》〉,《故宮文物月刊》第 421 期(2018),頁 52－61。

3. 吳晗:〈明教與大明帝國〉,《清華學報》第 13 卷第 1 期(1941),頁 49－85。

4. 李玉珉:〈梵像卷作者與年代考〉,《故宮學術季刊》第 23 卷第 1 期(2005),頁 333－366。

5. 沈衛榮:〈神通、妖術和賊髡:論元代文人筆下的番僧形象〉,《漢學研究》第 21 卷第 2 期,頁 219－247。

6. 林悟殊:《中古三夷教辨證》。北京:中華書局,2005。

7. 林悟殊〈明教:紮根中國的摩尼教〉,《尋根》2006年第 1 期,頁 10－14。

8. 金警鐘:《少林七十二藝練法精選》。太原:山西人民出版社,1988。

9 侯沖:〈如何理解大理地區的阿吒力教〉,《宗教學研究》,2015 年第 3 期,頁 106－112。

10. 胡孚琛主編:《中華道教大辭典》,北京:中國社會出版社,1995。

11. 郝勤:《道教與武術》。台北:文津出版社,1997。

12. 馬小鶴:〈明教五佛考:霞浦文書研究〉,《復旦學報》(社會科學版)2013 年第 3 期,頁 100－114。

13. 張澤洪、廖玲:〈南方絲綢之路阿吒力教研究 ——以南詔大理國時期為中心〉,《思想戰線》2018 年第 2 期,頁 41-50。

14. 郭武:《王重陽學案》。濟南:齊魯書社,2016。

15. 郭武:《丘處機學案》。濟南:齊魯書社,2011。

16. 裴錫榮、吳忠賢編著:《少林七十二藝與武當三十六功》。北京:人民體育出版社,2001。

17. 盧國龍:《馬丹陽學案》。濟南:齊魯書社,2010。

18. 釋衍空編著,《正覺的道路:智者的足跡和開導》。北京:宗教文化出版社,2007。

19. 釋慈怡主編:《佛光大辭典》。高雄:佛光出版社,1988。

策劃編輯		梁偉基
責任編輯		梁偉基
書籍設計		依蝶蝶
書籍排版		陳朗思

書　　名		金庸小說裏的中國宗教
著　　者		陳敬陽
出　　版		三聯書店（香港）有限公司
		香港北角英皇道四九九號北角工業大廈二十樓
香港發行		香港聯合書刊物流有限公司
		香港新界荃灣德士古道二二〇－二四八號十六樓
印　　刷		美雅印刷製本有限公司
		香港九龍觀塘榮業街六號四樓 A 室
版　　次		二〇二三年三月香港第一版第一次印刷
規　　格		三十二開（130 × 190 mm）200 面
國際書號		ISBN 978-962-04-5135-5